英文單字語源

看圖秒懂，最高效的單字記憶法！

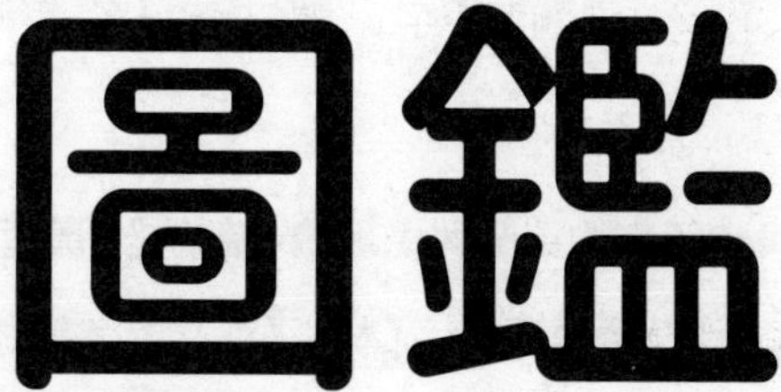

清水建二、すずきひろし 著　本間昭文 繪　張佳雯 譯

<前言>

最有效的英文單字記憶法

「老師，怎麼學英文最有效率？」

這是我在高中教書時經常被學生問到的問題。

英文單字書種類繁多，諸如「考試常見單字集」「看例句背單字」「雙關語記單字」「看圖背單字」「聽CD背單字」等等，在書店多到不可勝數。

但是，以我40年來的英文教學經驗，結論是**「最有效率的英文單字記憶法，就是學習語源」**，而本書《英文單字語源圖鑑》就是落實此一概念。

有關本書的特色和效果，本書的共同作者すずきひろし（Suzuki Hiroshi）先生將於6頁之後詳述，簡而言之就是**花更少時間，可以記更多單字**。而且對於大腦完全沒負擔，翻看每一頁都可以快樂的學習。

我之所以想寫語源學習書的契機，可以回溯到大學時代，那時候的我，老是搞不清楚lavatory（廁所）和laboratory（實驗室）。為了徹底搞懂，我比較了兩個看起來相似其實完全不同的單字，才發現laboratory的labor有「工作」的意思。

之後我查了語源辭典，上面寫著laboratory是「labor（工作）＋ory（場所）」，所以「**工作的場所就是實驗室……**」，這讓我震驚不已。**lavatory和laboratory看起來十分雷同，但是只要了解「語源」，就能明顯看出差異**。現在回想起來，從那時候開始，我就一頭栽進了語源的世界。

順道一提，lavatory（廁所）的lav〔a〕有「流動」「清洗」的意思，「lava（流動）＋ory（場所）」就是「洗手間」「廁所」。使用lava的單字還有待洗衣物laundry、花錢如流水，有「闊氣」含意的lavish、流動的「熔岩」lava、還有作為衣物香氛或沐浴香水的「薰衣草lavender」等（請參照下頁圖）。

語源學習法可以利用聯想的方式增加字彙，輕輕鬆鬆就記住一系列的單字。

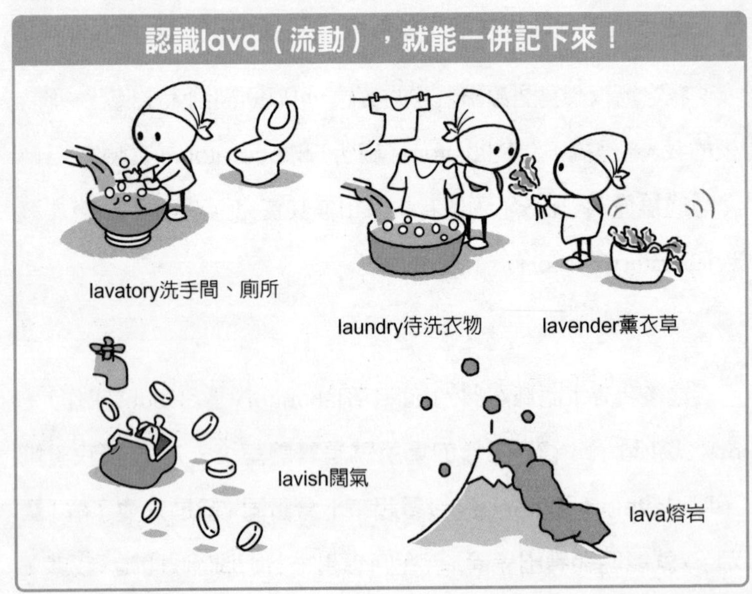

乍看之下這種學習法就像是在繞遠路，但是已有**語源研究證實，利用語源學習可以記憶一萬個字彙**。

這裡說的「一萬個單字」，是指能夠自由閱讀英文報章雜誌的程度。而這種程度已經涵蓋社會、經濟、政治等領域的學術用語和抽象語詞，說得白話一點，就是擁有這種單字能力，你的所見所聞也將更為廣闊（一般來說，出生就說英語的歐美人，字彙量約有3萬字，而要考上世界頂尖大學，如東京大學等需要具備6000個字彙）。

這種媲美母語程度的字彙數量，可以藉由語源學習有效率的達成。

說實話，到目前為止我已經出版過好幾本語源相關書籍，而這本書是從十多年前就開始構思。但是要將各種概念具體繪製成圖像十分困難，而且大量插圖衍生的成本等問題，在在讓這本書難產。很幸運地，在遇見本書的共同作者，而且可說是無人能出其右，能巧妙地把英文與單字圖像化的すずき老師，我長年的夢想才得以實現。

此外，這本書能夠出版，還要感謝另一位贊同企畫宗旨、幾乎是義務幫忙的插圖家本間昭文先生，以及在編輯過程中總是採納我各種任性要求的KANKI出版社編輯部米田寬司先生。

希望這本書能吸引更多讀者的目光，讓每個人看了都產生「這樣的話，我也做得到」的念頭，真正在英文的學習上幫助大家成功提升實力。

2018年4月 清水建二

單字能力倍增的「語源」學習法

語源學習法是將組成英文單字的「零件」(語源)拆開來學習的方法。例如attraction、contract、extract、distraction都有表示「拉」的字根「-tract」,再與各種字首、字尾組成有意義的字彙。

具有共同字根「-tract(拉扯)」的單字

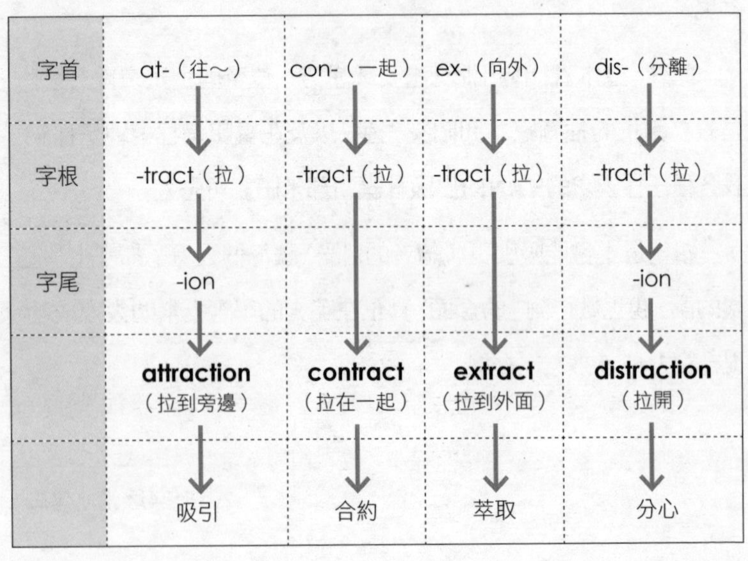

字首	at-(往～)	con-(一起)	ex-(向外)	dis-(分離)
字根	-tract(拉)	-tract(拉)	-tract(拉)	-tract(拉)
字尾	-ion			-ion
	attraction (拉到旁邊)	**contract** (拉在一起)	**extract** (拉到外面)	**distraction** (拉開)
	吸引	合約	萃取	分心

語源分為三種，一種是加在字彙前面，用以表示方向、位置、時間關係，或是表示強調或否定等意義的**「字首」**；另一種是放在字彙的正中間，表示單字核心意義的**「字根」**；最後一種是加在字彙最後面，表示詞性功能或意義的**「字尾」**。

以attraction來說，at是表示方向或對象的「朝向」字首ad的變化型（字首ad會根據後面所接續的音而有ac、at、al、ar、ap等變化）。「tract」是代表「拉」的字根，ion是名詞字尾。

大多數的英文單字都是如上述的語源所組成，以漢字為例，就是部首和偏旁。只要能具備字首、字根、字尾的知識，字彙量就能倍增。接下來就來詳細介紹學習的效果。

語源學習法的3大效果

效果 1　相同語源的單字將會連鎖式增加

一般提到學習單字，最先會想到的方式就是用單字本或是單字卡記憶的「背誦法」。但是這種沒頭沒腦像是死背電話號碼的方法，即使單字記住了，仍然是毫無章法的混亂狀態。當然沒辦法長久記憶，而且偏偏在需要時就是想不起來。

本書所介紹的語源學習法，是利用拆解單字語源，即字首、字根、字尾**「關聯性」的記憶法**。例如前面所舉的例子「tract」，將語源共通的部分單字彙整記憶。

這種「連鎖式」的記憶法，能讓相關聯的單字不斷倍增。如果一個個背誦單字是「加法」，那**語源學習法就是「乘法」**，學習速度截然不同。

字彙若具有關聯性就最容易記憶！

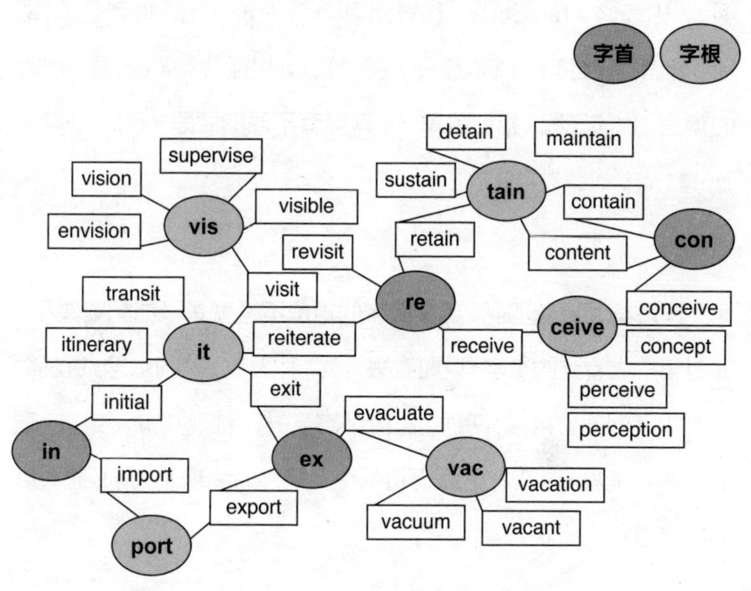

效果 2　**了解語源，發現單字「正確的字意」**

字典上的字意是「譯意」，並不一定是單字真正「正確的字意」。例如survey和inspect兩者的譯意都是「檢查」，但是「字意」

卻大相逕庭。survey是「從上(sur)看(vey)」，也就是**「環視」「概觀」**；相較之下inspect是「往裡面(in)看(spect)」，也就是**「(細節)查詢」「檢查」**。以語源來學習，可以發現從「譯意」上看不出來的差別，也能**了解「相似的單字」其實有不同的意思**。(survey請見116頁；inspect請見149頁)。

理解語源意義的話，英文單字的組成不過就是一種記號罷了。面對第一次看到的單字，只要看拼音就能「大致」猜到意思，這就像看到國字的部首或偏旁就能推敲出字意一樣，雖不中亦不遠矣。順著本書往下看，應該就能獲得這種令人驚喜的體驗，請務必體會以語源來思考的秘訣。

效果 3　語源搭配插圖，利用「圖像」深化記憶

本書每一個單字附有一幅插圖，例如字根tract「拉」，插圖就搭配有拖拉意象的「拖拉機」；字根press「壓」則影射「相撲選手」，

每個單字都費心構想過，讓圖畫不只是「插圖」，而是促進直覺式了解語源意義的巧思。藉由插圖讓語源圖像化，比起以往容易流於單調枯燥的記憶法，**能在大腦裡構築更立體的字彙網絡**。

由於同時彙整了語源的相關語，讓單字的字義更好記，**即使一時遺忘，也很容易再回想起**。如此一來，英文的閱讀能力、聽力都能大幅提升。

利用圖像吸收資訊，強化記憶，就能進入長期記憶。請把圖像當做提示，天馬行空地想像單字的意象，這麼做一定能**超越文字的「背誦界限」**。

認識語源的過程，就是不斷去「發現單字關聯性」的過程。例如「company的pan是麵包」「compare的pare是一對」「minute的min是迷你」等，在學習的過程中將衍生出無窮的樂趣。好奇心是激發學習動力的源頭，請各位就從閱讀本書開始，讓學習英文變成一件快樂的事吧！

2018年4月　すずきひろし

本書的主要架構

❶ 參照對頁圖1，從Chapter1~12，每一章都是由一個或是同種類的「字首」開始，然後解說字首的意義。例如在Chapter1，先解說字首「ad-」，然後再舉出adventure和address等代表性單字。

❷ 接著，如對頁圖2所示，列出有相同「字首」的6個字彙（adopt, admire, arrest, adapt, allure, allot）。

❸ 再下一頁，如對頁圖3，同樣列出有相同「字首」的字彙（如administer），並解說該字彙的「字根」（mini）。

❹ 再來，如對頁圖4所示，列出有相同「字根」（mini）的4個單字（minister, minute, diminish, minor）

讀完本書，可以認識語源學習中最重要的12組字首，以及103種字根。書中所舉的例句，包含關聯字彙約1000個，幾乎都是國高中程度的基本單字，因此初學者能夠很輕鬆的學習。中級程度以上的人，也能將目前所學過的字彙，利用語源歸納整理、擴充，有效記憶一萬個單字將指日可待。

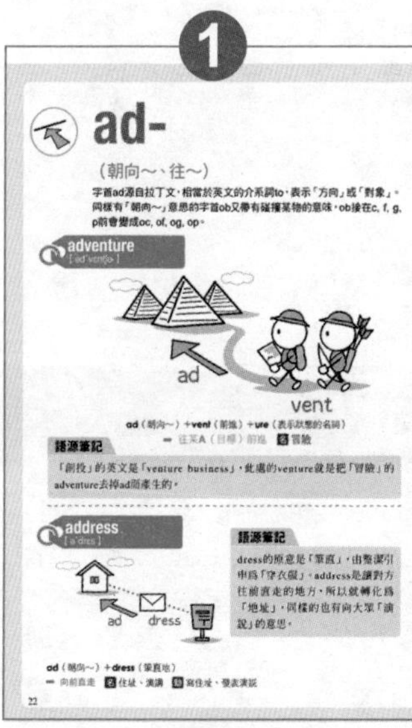

1

ad-

(朝向～、往～)

字首ad源自拉丁文，相當於英文的介系詞to，表示「方向」或「對象」。同樣有「朝向～」意思的字首ob又帶有碰撞某物的意味，ob接在c, f, g, p前會變成oc, of, og, op。

adventure

ad（朝向～）+vent（前進）+ure（表示狀態的名詞）

＝往某A（目標）前進　名 冒險

語源筆記

「創投」的英文是「venture business」，此處的venture就是把「冒險」的adventure去掉ad所產生的。

address

語源筆記

dress的原意是「筆直」，由整潔引申為「穿衣服」，address是讓對方往前直走的地方，所以就轉化為「地址」，同樣的也有向大眾「演說」的意思。

ad（朝向～）+dress（筆直地）

＝向前直走　名 住址、演講　動 寫住址、發表演說

22

2

字首ad如下列字彙，根據後面所接的字根，而有 ac, af, as, ap, at, ar, al等變化，也有只留下一個a的變化型。

adopt

ad（朝向～）+opt（選擇）

＝挑選～

動 收為養子、採用

admire

ad（往～）+mire（吃驚）

＝～看到很吃驚

動 欽佩、讚賞

arrest

a(r)（往～）+rest（休息）

＝阻止～

動 逮捕　名 逮捕

adapt

ad（往～）+apt（合適）

＝成為合適的狀態

動 讓～適應、適應

allure

a(l)（往～）+lure（魅力、誘惑）

＝誘惑～

動 誘惑　名 誘惑

allot

a(l)（往～）+lot（抽籤、分配）

＝分配給予

動 分配

23

3

Chapter 1　ad-（朝向～、往～）

1-1　min, mini= 小

administer

[əd'mɪnəstɚ]

ad（朝向～）+ minister（大臣）

＝向～服侍

動 治理、執行、侍奉

關聯字彙 ＝ administration 名 行政、管理、政府、政權

administrative 形 行政的、管理的

The teacher administered corporal punishment.

這位老師實施體罰。

We are sick and tired of the Trump administration.

我們已經厭倦川普政權。

語源筆記

min 源自拉丁文minutus，意思是較小的，minor較小的人，就是未成年。餐廳的「菜單（menu）」，原意是將全店的料理濃縮在一小張紙上。而將實物縮小就稱作「微型（miniature）」。

24

4

mini（小）+ster（人）

＝侍奉（國民）的小人

minister

[ˈmɪnɪstɚ]

名 大臣、牧師

ministry 名 內閣、省

The Prime Minister is to visit America next week.

首相預定下週訪美。

min（小）+ute（被～）

＝被縮小

minute

形 [maɪˈnjut] 微小的、細密的

名 [ˈmɪnɪt] 分鐘、瞬間

There is a minute difference between the two.

兩者之間的差異十分微小。

di（分離）+min（小）+ish（動詞化）

＝縮小

diminish

[dəˈmɪnɪʃ]

動 減少、縮小

His influence has diminished with time.

他的影響力隨著時間逐漸縮小了。

min（小）+or（較～）

＝較小

minor

[ˈmaɪnɚ]

形 次要的、較不嚴重的

名 未成年者

minority 名 少數

He suffered minor injuries in the accident.

他在事故中受到輕傷。

25

contents

Chapter 3  de-（離開、下面）

Chapter 4 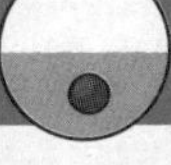 sub-（下）

Chapter 8  re-（再次、重新、向後）

Chapter 1

ad-

（朝向～、往～）

ad-

（朝向～、往～）

字首ad源自拉丁文，相當於英文的介系詞to，表示「方向」或「對象」。同樣有「朝向～」意思的字首ob又帶有碰撞某物的意味，ob接在c, f, g, p前會變成oc, of, og, op。

adventure
［əd`vɛntʃɚ］

ad（朝向～）**+ vent**（前進）**+ ure**（表示狀態的名詞）

➡ 往某**A**（目標）前進 名 冒險

語源筆記

「創投」的英文是「venture business」，此處的venture就是把「冒險」的adventure去掉ad而產生的。

---

address
［ə`drɛs］

語源筆記

dress的原意是「筆直」，由整潔引申為「穿衣服」。address是讓對方往前直走的地方，所以就轉化為「地址」，同樣的也有向大眾「演說」的意思。

ad（朝向～）**+ dress**（筆直地）

➡ 向前直走 名 住址、演講 動 寫住址、發表演說字首**ad**如下列字彙，根據後面所接的字根，而有 **ac, af, al, ap, ar, as, at**等變化。也有只留下一個**a**的變化型。

adopt
【ə`dɑpt】

ad（朝向～）+ **opt**（選擇）
➡ 挑選～
動 收為養子、錄用

admire
【əd`maɪr】

ad（往～）+ **mire**（吃驚）
➡ ～看到很吃驚
動 欽佩、讚賞

arrest
【ə`rɛst】

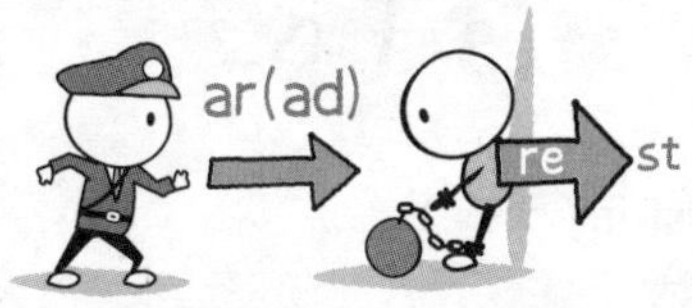

a(r)（往～）+ **rest**（休息）
➡ 阻止～
動 逮捕　名 逮捕

adapt
【ə`dæpt】

ad（往～）+ **apt**（合適）
➡ 成為合適的狀態
動 讓～適應、適應

allure
【ə`lɪʊr】

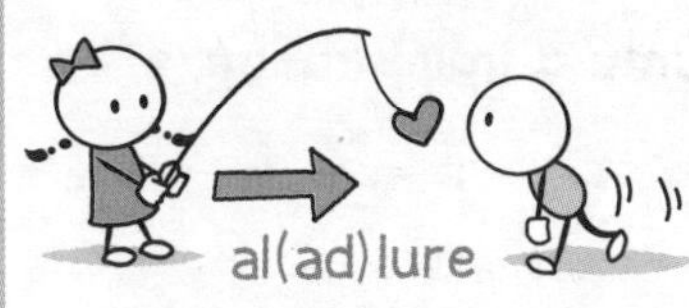

a(l)（往～）+ **lure**（魅力、誘惑）
➡ 誘惑～
動 誘惑　名 誘惑

allot
【ə`lɑt】

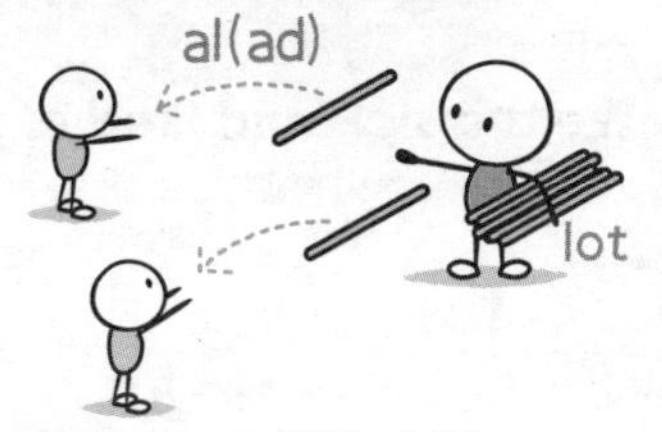

a(l)（往～）+ **lot**（抽籤、分配）
➡ 分配給予
動 分配

1-1 min, mini ＝小

administer

【 əd`mɪnəstɚ 】

ad（朝向～）+ minister（大臣）

➡ 向～服侍

動 治理、執行、侍奉

關聯字彙 ➡ administration 名 行政、管理、政府、政權
administrative 形 行政的、管理的

The teacher administered corporal punishment.
這位老師**實施**體罰。

We are sick and tired of the Trump administration.
我們已經厭倦川普**政權**。

語源筆記

min源自拉丁文minutus，意思是較小的。minor較小的人，就是未成年。餐廳的「菜單（menu）」，原意是將全店的料理濃縮在一小張紙上。而將實物縮小就稱作「微型（miniature）」。

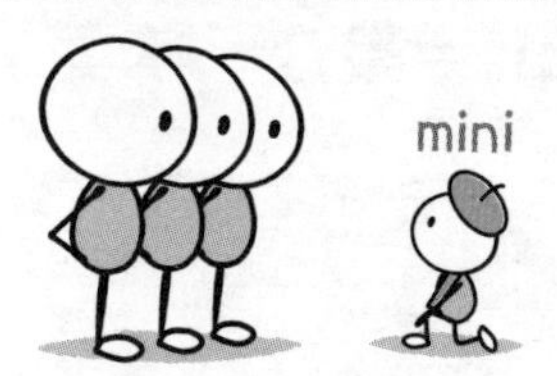

mini（小）+ ster（人）

➡ **侍奉（國民）的小人**

minister

【ˋmɪnɪstɚ】

名 大臣、牧師

ministry 名 內閣、省

The Prime Minister is to visit America next week.

首相預定下週訪美。

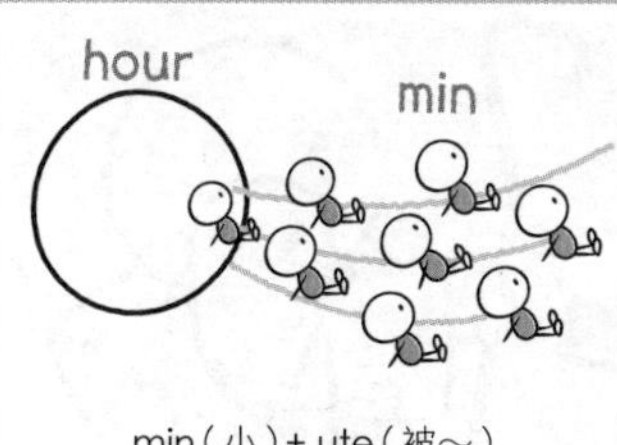

min（小）+ ute（被～）

➡ **被縮小**

minute

形【maɪˋnjut】微小的、細密的

名【ˋmɪnɪt】分鐘、瞬間

There is a minute difference between the two.

兩者之間的差異十分微小。

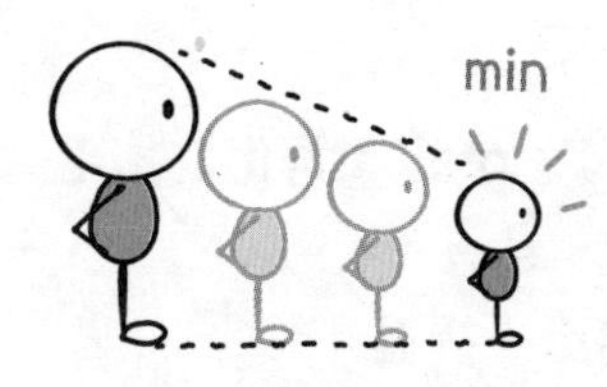

di（分離）+ min（小）+ ish（動詞化）

➡ **縮小**

diminish

【dəˋmɪnɪʃ】

動 減少、縮小

His influence has diminished with time.

他的影響力隨著時間逐漸縮小了。

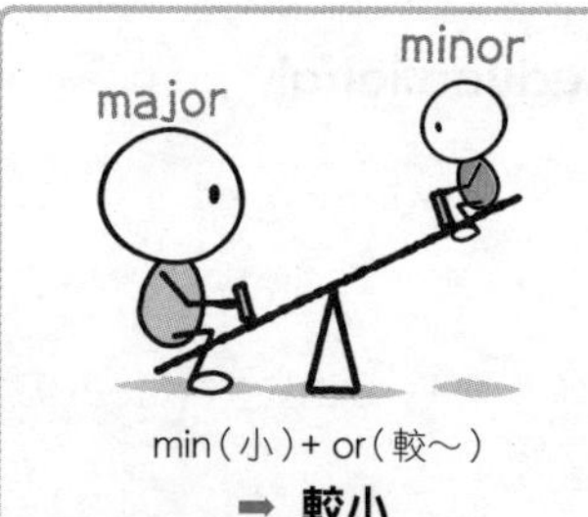

min（小）+ or（較～）

➡ **較小**

minor

【ˋmaɪnɚ】

形 次要的、較不嚴重的

名 未成年者

minority 名 少數

He suffered minor injuries in the accident.

他在事故中受到輕傷。

1-2 voc, vok, vouch ＝聲音、呼喚

advocate

ad（朝向）+ voc（聲音）+ ate（動詞化）

➡ 聲援～

動【`ædvəˌket】擁護、提倡

名【`ædvəkɪt】擁護者、提倡者

They advocated reducing the military budget.
他們**擁護**刪減軍事預算。

He was a strong advocate for educational improvements.
他強烈**提倡**教育改善。

語源筆記

樂團中演唱的部分稱為「vocal」，唱歌的人稱為「vocalist」。voice（聲音）和vocabulary（字彙）都是出自相同的語源。

voc（聲音）+ ation（名詞化）

➡ **神的聲音決定的職業**

vocation

【voˋkeʃən】

名 職業、天職

vocational 形 職業上的

At last he found a vocation as a writer.

最後他終於以寫作為**職業**。

a(b)（離開）+ vocation（職業）

➡ **脫離工作**

avocation

【ˌævəˋkeʃən】

名 興趣、休閒

His avocation is playing the guitar.

他的**興趣**是彈吉他。

equi（相同）+ voc（聲音）+ al（形容詞）

➡ **異口同聲**

equivocal

【ɪˋkwɪvəkḷ】

形 曖昧不清的、不確定的、靠不住的

equivocate 動 含糊其辭

She gave an equivocal answer.

她回答得**模稜兩可**。

➡ **呼喚神的名**

vow

【vaʊ】

動 發誓

名 誓言

He vowed that he'd never smoke.

他**發誓**不再抽菸。

1-3 mon ＝表示、警告

admonish

【ədˋmɑnɪʃ】

ad（往～）+ mon（表示、警告）+ ish（動詞化）

➡ 讓人看見（怪物）

動 警告、忠告

關聯字彙 ➡ admonition 名 警告、忠告

She admonished her son for eating too quickly.
她**告誡**兒子不要狼吞虎嚥。

His admonition was of no use to her.
他的**警告**對她毫無作用。

語源筆記

以前的人認爲神爲了讓人們反省惡行，而警告性地創造了monster（怪物）。monster這個字是來自「mon（表示）＋ster（物）」，就帶有警告的意味。

monit（警告）+ or（人）

➡ **顯示人**

monitor

【ˋmɑnətɚ】

名 糾察員、班級幹部

動 檢查、監視

The nurse monitored the patient's pulse.

護理師檢查病患的脈搏。

de（完全）+ monstr（表示）+ ate（動詞）

➡ **清楚展示**

demonstrate

【ˋdɛmənˏstret】

動（示範）表明、證明、示威抗議

demonstration 名 示威活動、實物展示

They demonstrated for a pay raise.

他們示威抗議要求加薪。

sum(sub)（下方）+ mon（警告）

➡ **暗地裡警告**

summon

【ˋsʌmən】

動 召喚、召集、命令

summons 名 傳票、召集令、召集

He summoned the waitress for the bill.

他呼喚服務生來結帳。

➡ **monster的變化型，表示軍隊的命令**

muster

【ˋmʌstɚ】

動 召集、號召

名 召集、點名

Passengers were mustered to the lifeboats.

乘客被召集到救生船上。

1-4 just, jur ＝正確、法令

adjust

【ə`dʒʌst】

ad（朝向～）+ just（正確）

➡ 往正確的方向

動 調節、使適合、調整

關聯字彙 ➡ adjustable 形 可調整
adjustment 名 調整、調節、順應

Adjust the heat so that the soup doesn't boil.
調節火力讓湯不要沸騰。

The height of the bicycle seat is adjustable.
那台腳踏車的坐墊高度**可以調整**。

語源筆記

若說「just 3 clock」，是指剛好3點，just的意思就是「正確的」「沒有錯的」。依法做出正確裁量的人就稱爲jurist（法官）或judge（法官、判斷）。

jur（正確）+ y（團體）

➡ **正確的團體**

jury

【ˋdʒʊrɪ】

名 陪審、陪審團、審查團

juror 名 陪審員

The jury found her not guilty.

陪審團判決她無罪。

just（正確）+ ice（名詞化）

➡ **正確的事**

justice

【ˋdʒʌstɪs】

名 公平、正義、正當性、判決

injustice 名 不公平、不正確

There is no justice in his claim.

他的要求沒有任何**正當性**。

just（正確）+ ify（動詞化）

➡ **做正確的事**

justify

【ˋdʒʌstəˌfaɪ】

動 正當化、成為根據

justification 名 正當化

The end justifies the means.

目的讓手段**正當化**。（諺語：為達目的不擇手段）

pre（前面）+ jud（判斷）

+ ice（名詞化）

➡ **事前判斷**

prejudice

【ˋprɛdʒədɪs】

名 偏見

動 有偏見

He is prejudiced against foreigners.

他對外國人**有偏見**。

1-5　point, punct＝指、點

appoint

【əˋpɔɪnt】

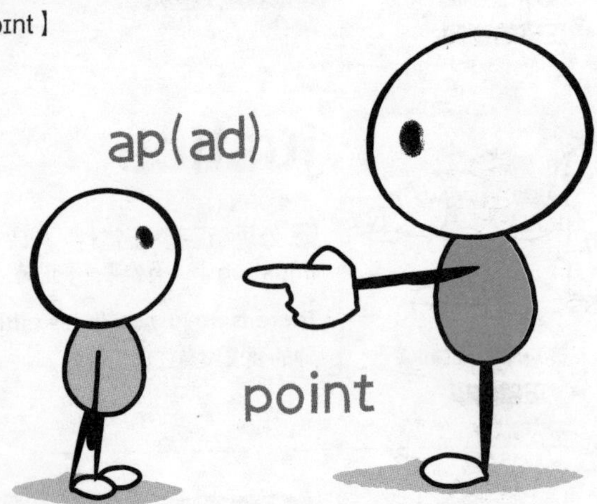

a(p)（朝向～）**+ point**（指）

➡ 指～方向

動 指名、任命、指定

關聯字彙 ➡ **appointment** 名（會面）約定、指名、任命

He was appointed captain of the team.
他被**任命**為隊長。

I have an appointment with Mr. Curie at 3.
和居里先生**約定**3點見面。

語源筆記

point的原意是「尖端」「點」，動詞則有「指～」「指出～」的意思。以「非常小的點」來表示「正確的位置」是pinpoint。句子中間或是最後的標點是「punctuation mark」（句點）、輪胎被尖銳的釘子「刺破」就是「puncture」。

point

【pɔɪnt】

名 點、要點、尖端

動 強調、指出

Don't point your finger at me.

你不要指著我。

disappoint

【ˌdɪsəˋpɔɪnt】

動 失望、沮喪

disappointment 名 失望

I was very disappointed at the decision.

我對這個決定很沮喪。

punctual

【ˋpʌŋktʃuəl】

形 守時的、準時的

He is always punctual for an appointment.

他約會一向都很準時。

pungent

【ˋpʌndʒənt】

形 刺激性的、痛切的、嚴厲的

She likes the smell of pungent garlic.

她喜歡大蒜刺激性的味道。

1-6 tend, tens ＝延伸、朝向

attend

【 ə`tɛnd 】

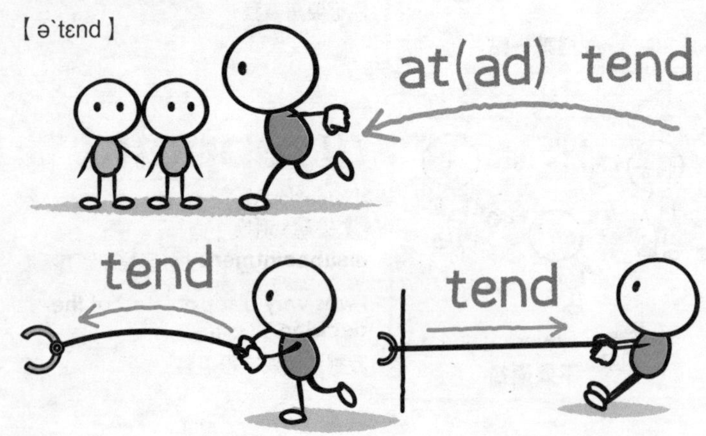

a(t)（往～）**+ tend**（延伸）

➡ 朝～伸展腿

動 參加、出席、注意

關聯字彙 ➡ **attention** 名 注意、照顧
attendant 名 接待員、服務生 形 伺候的、伴隨的

Only 10 people attended the meeting.
只有10個人**出席**會議。

She paid no attention to me.
她**無視**於我的存在。

語源筆記

「tension」是心情緊繃的狀態，也就是「緊張」，形容詞tense是「緊張」或「緊迫」之意。tender是延展變薄的狀態，所以是具有「柔軟」意思的形容詞，也有從「朝向（tend）人（er）」轉化為「照顧之人」的意思。

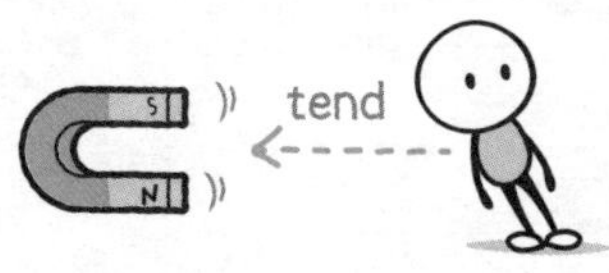

➡ 朝著～前進的傾向

tend

【tɛnd】

動 有～的傾向、往～前進

tendency 名 傾向

Prices are tending upward.

物價有上昇的趨勢。

ex（向外）+ tend（伸展）

➡ 向外延伸

extend

【ɪk`stɛnd】

動 延長、擴大、伸展

extension 名 擴張、延長期間、範圍

extent 名 範圍、程度、擴大

The peacock is extending its wings.

孔雀開屏。

con（一起）+ tend（伸展）

➡ 競爭

contend

【kən`tɛnd】

動 爭奪、競爭

contention 名 爭論、口角、爭鬥

They contended with each other in the contest.

他們在這場競賽中力爭高下。

pre（前）+ tend（伸展）

➡ 在對方面前虛張聲勢

pretend

【prɪ`tɛnd】

動 假裝

pretense 名 偽裝、虛偽

She pretended to be a high school student.

她假裝自己是高中生。

1-7　cure, care ＝照顧、注意

accurate

【 `ækjərɪt 】

a(c)（往～）+ cur（注意、照顧）+ ate（形容詞化）

➡ 加以注意 ➡ 沒有錯

形 正確的、精密的

關聯字彙 ➡ accuracy 名 正確性、精確度

His biological clock is pretty accurate.
他的生理時鐘非常**精確**。

His calculating accuracy surprised everyone.
他的計算**正確性**讓大家都很驚異。

語源筆記

疏忽造成過失的無心之過就稱爲careless mistakes。其中「粗心的」careless拆解開來，就是由「care（注意）＋less（沒有）」所組成。而carefree是「care（擔心）＋free（沒有）」組成，也就是「無憂無慮」。

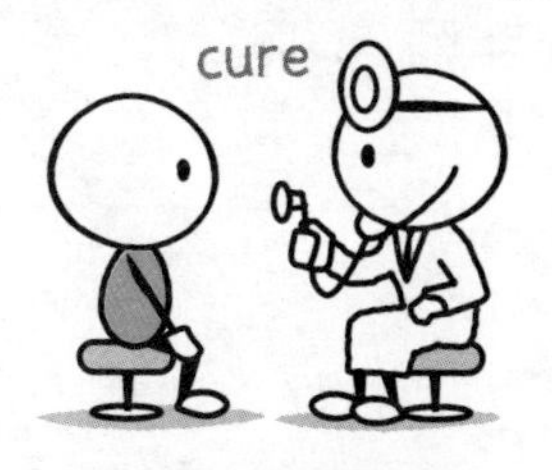

➡ 醫生照顧患者

cure

【kjʊr】

動 治療、去除

名 治癒、治療方法

There's no cure for a broken heart.

失戀沒藥醫。

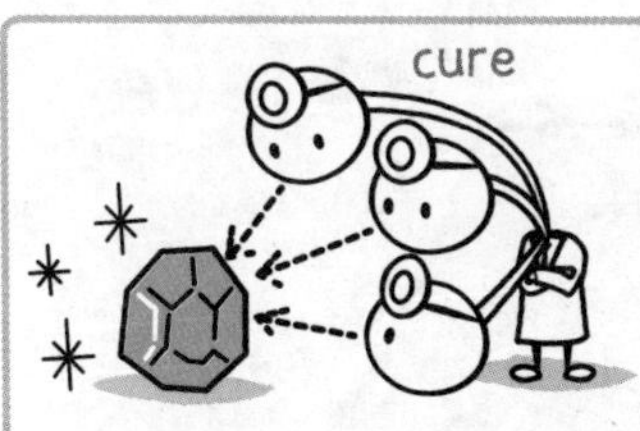

cur（注意）+ ious（形容詞化）

➡ 滿滿的關注

curious

【ˋkjʊrɪəs】

形 有好奇心的、稀奇的

curiosity 名 好奇心、骨董（**curio**）

She is curious to know what's in the box.

她很好奇盒子裡裝了什麼東西。

se（沒有～）+ cure（注意）

➡ 不需要注意

secure

【sɪˋkjʊr】

形 安全的、無憂的、牢固的

動 確信

security 名 安全、保全、有價證券（**securities**）

Keep your money in a secure place.

請把錢存放在安全的地方。

s(= ex)（向外）+ cour（照顧）

➡ 費事把髒東西拿掉

scour

【skaʊr】

動 刷洗、擦亮

She is scouring out the pans.

她正在刷洗鍋子。

1-8 chief, cap, cup ＝頭、抓

achieve

【 ə`tʃiv 】

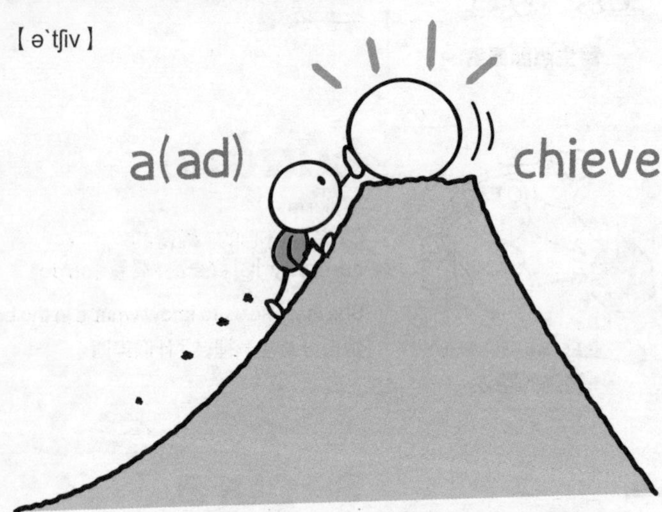

a（朝向～）+ chief（頭、頂點）

➡ 攀上最高點

動 完成、達到

關聯字彙 ➡ achievement 名 達成、業績

She finally achieved her goal of becoming a singer.

她終於**達到**成為歌手的目標。

I'm very proud of my son's achievements.

我對兒子的**成就**深感自豪。

語源筆記

戴在頭上的「帽子（cap）」，來自於拉丁語的caput（頭）。「captain」意指組織的領頭者，所以具有「船長」「機長」「隊長」的意思。cap的變化形有chief（首領、頭目），以及「主廚」的chef和chieve、capit等。

cap（頭）+ al（形容詞化）

➡ **變成頭目**

capital

【`kæpətḷ】 名 首都、資本（金）

形 大寫字母的、主要的、資本的

capitalize 動 用大寫字母、資本化

capitalist 名 資本家

capitalism 名 資本主義

The company's logo is a large capital "C".

該公司的標誌是**大寫的**C。

e(s)（向外）+ cape（頭）

➡ **脫掉外套（cape）**

escape

【ə`skep】

動 逃脫、逃跑

名 逃亡、逃離

The tiger escaped from the cage.

老虎從籠子**逃脫**。

o(c)（朝著～）+ cup（抓）

➡ **抓住～**

occupy

【`ɑkjə͵paɪ】

動 占領、從事

occupation 名 職業、占有、占據

They occupied the empty house.

他們**占據了**空屋。

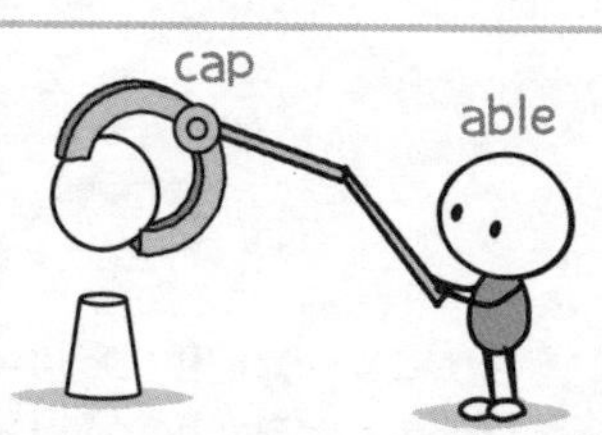

cap（抓）+ able（可以）

➡ **抓得住**

capable

【`kepəbḷ】

形 有能力的、有才能的～

capability 名 能力、才能、可能性

capacity 名 包容力、能力

The cat is capable of catching mice.

貓咪有抓老鼠的**才能**。

1-9 cept, ceive ＝抓

accept

【 ək`sɛpt 】

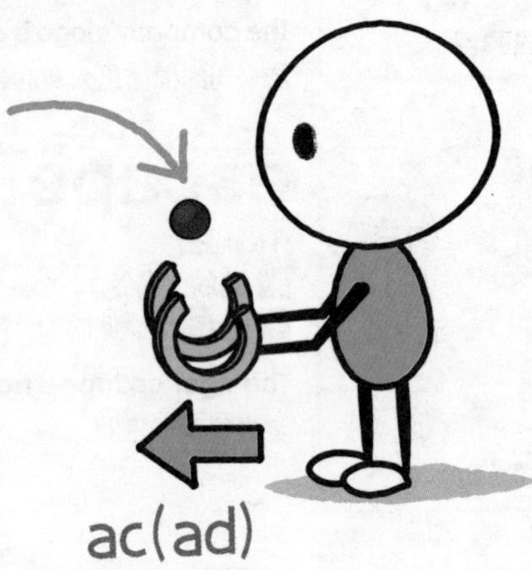

a(c)（往～）**+ cept**（抓）

➡ 往自己這邊抓過來

動 **接受、領受**

關聯字彙 ➡ **acceptance** 名 接受
acceptable 形 可接納、滿意的

I'm willing to accept your offer.
我欣然**接受**你的提議。

His behavior is not socially acceptable.
他的所作所為不**見容於**社會。

語源筆記

接續前面所提到的字根，cap表示「頭」或「抓取」之意。cap的變化形還有cep、cept/ceive。在櫃台結帳拿到的收據是「receipt」、對方接受的服務是「receive」、招待客人的「宴會」是「reception」。

con（共同）+ cept（抓）

➡ **大家一起抓到的東西**

concept

【ˋkansɛpt】

名 概念、觀念

What's your concept of happiness?

你認為幸福的概念是什麼？

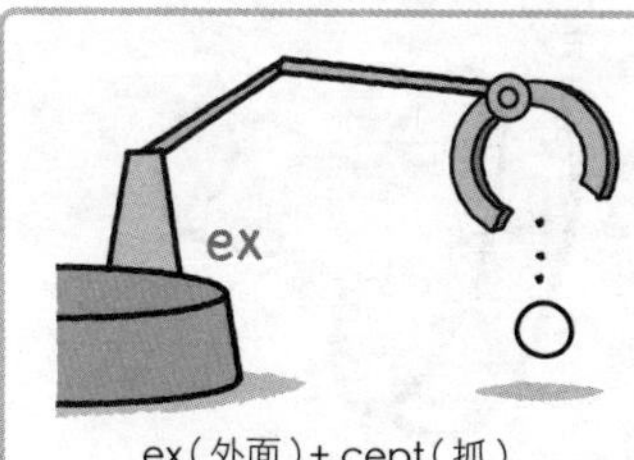

ex（外面）+ cept（抓）

➡ **抓出去**

except

【ɪkˋsɛpt】

前 除了～之外、～以外

exception 名 例外

You can call me anytime except Wednesday.

星期三以外，你都可以打電話給我。

de（離開）+ ceive（抓）

➡ **抓取**

deceive

【dɪˋsiv】

動 欺騙、隱瞞

deceit 名 假裝、詐欺

deception 名 詐欺、欺騙

He deceived me into buying the vase.

他欺騙我買下那個花瓶。

per（完全）+ ceive（抓）

➡ **抓完**

perceive

【pɚˋsiv】

動 了解、察覺

perception 名 見解、理解力、看法

I perceived a change in her behavior.

我察覺到她的行為舉止有異。

1-10 sign ＝記號

assign

【ə`saɪn】

a(s)（往～）**+ sign**（記號）

➡ 印記

動 **分配、指派**

關聯字彙 ➡ **assignment** 名 分配、功課

The teacher assigned a lot of homework to them.
老師給他們**指派**一大堆作業。

Have you finished your assignment?
功課寫完了嗎？

語源筆記

具有「信號」「徵兆」「看板」之意的sign，原本的意義是「記號、印記」。「signal」也有「暗號」或「信號」的意思，「design」是「de（下面）＋sign（記號）」，具有「底圖」「圖案」「設計」的意思。

de（下）+ sign（記號）+ ate（動詞化）

➡ **在下面做記號**

designate

【ˋdɛzɪɡˏnet】

動 表示、指謫、指派、指定、稱為～

designation 名 指定、指名、名稱

This is designated a national park.

這裡被**指定**為國家公園。

sign（記號）+ ify（動詞化）

➡ **做記號**

signify

【ˋsɪɡnəˏfaɪ】

動 表示、意思

significant 形 有意義的、重大的

significance 名 意義、意思、重要性

I have no idea what the symbol signifies.

我不知道那個記號有什麼**意義**。

re（後面）+ sign（記號）

➡ **簽名後退到後面**

resign

【rɪˋzaɪn】

動 辭職、引退

resignation 名 辭任、辭職

She had to resign from the company.

她被公司**辭退**了。

con（共同）+ sign（記號）

➡ **將商品印上記號後運送**

consign

【kənˋsaɪn】

動 運送、託運

consignment 名 委託（販售）

Will you consign these goods to my office?

你可以把這些貨品**送到**我的辦公室嗎？

1-11　serve, sert＝保有、守護、服務

observe

【 əb`zɝv 】

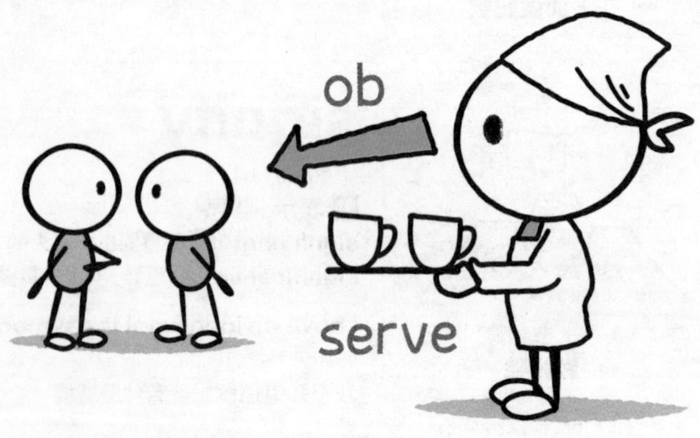

ob（往～）+ serve（保持、守護）

➡ 保護～

動 **觀察、察覺、守護**

關聯字彙 ➡ **observation** 名 觀察、監視

observance 名 遵守、祝福

I love to observe people at work.
我最喜歡**觀察**工作中的人們。

The crowd observed a minute's silence.
大家默哀（**保持**靜默）一分鐘。

語源筆記

serve的原意是「奴僕侍奉主人」，轉化爲「侍奉」「工作」「（飲食上的）服務」，名詞形爲service（服務）和servant（傭人）。在餐廳用餐後所吃的「甜點（dessert）」，可以拆解爲「de（分離）＋sert（服務）」，原來的意思是「服務結束」。

re（後面）+ serve（保持）

➡ **放在後面**

reserve

【rɪˋzɝv】

動 預約、保留

reservation 名 預約、特別保留

reserved 形 拘謹、矜持、內向、預約

I'd like to reserve a table for two.

我想要預約兩個人的位置。

con（共同）+ serve（保持）

➡ **保留大家的份**

conserve

【kənˋsɝv】

動 保存、保護、愛惜使用

conservation 名 保護、保存

Try to conserve water.

請愛惜水源。

pre（前面）+ serve（保持）

➡ **先存放起來**

preserve

【prɪˋzɝv】

動 保存、保持

preservation 名 保存、貯藏

Salting preserves food from decay.

用鹽醃漬能保存食物不腐敗。

de（完全）+ serve（服務）

➡ **值得服務**

deserve

【dɪˋzɝv】

動 值得、有價值

She deserves to win the prize.

她（值得拿到獎）得獎當之無愧。

1-12　cur ＝跑、流動

occur

【əˋkɝ】

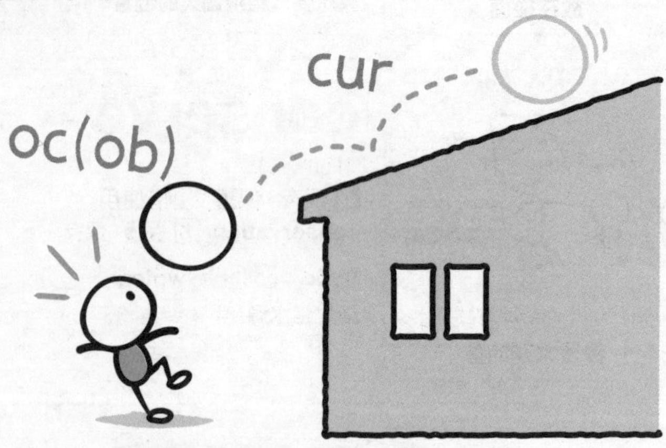

o(c)（朝向～）+ cur（跑、流動）

➡ 朝～跑過去

動 **發生、產生、出現、存在**

關聯字彙 ➡ occurrence 名 事故、事件、發生

When did the accident occur?
那件事故何時**發生**？

Sugar occurs naturally in fruit.
水果中自然**存有**糖分。

語源筆記

「河川水路」是the course of river，「人生道路」是the course of life，「course」的語源就是「跑、流動」。

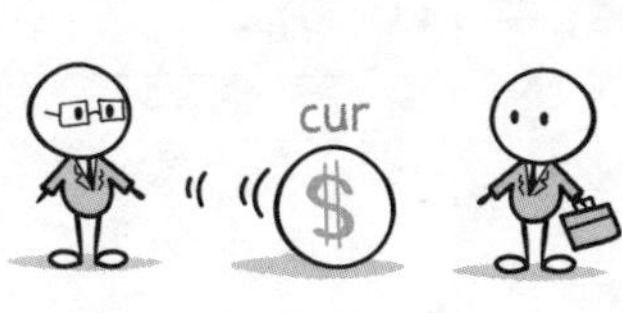

cur（流動）+ ency（名詞化）

➡ **流通於世**

currency

【ˋkɝənsɪ】

名 錢幣、貨幣、流通

current 形 當前的、流通的　名 動向、潮流

I have no American currency on me.

我手邊沒有美元。

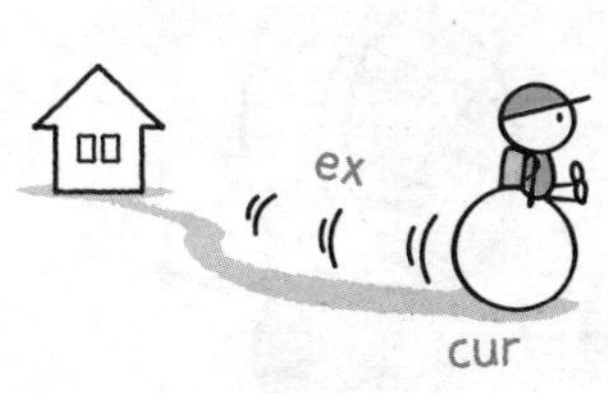

ex（外面）+ cur（跑）+ sion（名詞化）

➡ **往外跑**

excursion

【ɪkˋskɝʒən】

名 遠足、小旅行

We went to Okinawa on a school excursion.

我們**校外教學**到沖繩。

re（後面）+ course（跑）

➡ **往後退**

recourse

【rɪˋkors】

名 依靠、可依賴的人／物

Surgery was the only recourse.

手術是唯一的**救命繩（依靠）**。

re（再）+ cur（跑）

➡ **再次跑出來**

recur

【rɪˋkɝ】

動 再次發生、重複

recurrence 名 再次發生

The same dream kept recurring for a week.

連續一個星期不斷**重複**同樣的夢。

1-13 fend, fens, fest ＝打、敲

offend

【 ə`fɛnd 】

o(f)（朝向～）+ fend（敲）

➡ 打擊對手

動 冒犯、得罪、犯罪

關聯字彙 ➡ offense 名 違反、生氣、攻擊
offensive 形 不愉快、厭惡

I didn't mean to offend you.
我不是有意**冒犯**你。

No one will take offense if you leave early.
你提早離開沒有人會**生氣**。

語源筆記

offend（冒犯）和fence（圍籬）都是同一語源，有敲打的意思。「de（離開）＋fence（敲打）」組成defence跟defend都有防禦、捍衛的意思。

de（離開）+ fence（敲打）

➡ **擊退敵人**

defend

【dɪˋfɛnd】 動 防禦、防衛

defense 名 防禦、守備、辯護

defensive 形 防禦的

You need a capable lawyer to defend you.

你需要一個好律師為你辯護。

de（下）+ fend（打）+ ant（人）

➡ **被打壓的人**

defendant

【dɪˈfɛndənt】

名 被告（人）

The defendant pleaded not guilty.

被告不認罪。

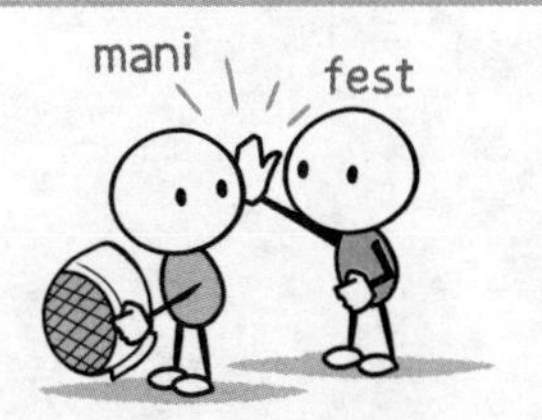

mani（手）+ fest（打）

➡ **用手碰觸**

manifest

【ˋmænəˌfɛst】

形 明顯、顯而易見

動 明顯、表示

His devotion to God is manifest.

他對神的信仰非常虔誠。

in（不是）+ fest（敲）

➡ **先不要敲**

infest

【ɪnˈfɛst】

動 騷擾、橫行

The kitchen was infested with cockroaches.

廚房蟑螂橫行。

Chapter 2

con-, com-, co-

(共同)

con-,com-, co-

（共同）

字首co源自於拉丁文，相當於英文的with或together，有「共同」「互相」的意思，有時候也表示「完全」。

copilot
[ˋkoˌpaɪlət]

co（一起）+ **pilot**（駕駛員、飛行員）
➡ 名 副駕駛

語源筆記

pilot是「飛行員」或「引水人」的意思，源於希臘文的「掌舵者」。

---

company
[ˋkʌmpənɪ]

con(com)

語源筆記

台語「麵包」的發音源自日語，據說是來自於葡萄牙語的pão，其實可追溯到拉丁文的panis（餵飼料）。義大利文的義大利麵（pasta）也是同樣語源。

com（共同）+ **pan**（麵包）+ **y**（名詞化）➡ 一起吃麵包的人
名 夥伴、公司、團體、（軍隊）連

字首**co**主要使用於母音或者**h, g, w**之前，與**l, m, n, r**等子音接續時，則會變成**col, com, con, cor**。

coauthor
[ko`ɔθɚ]

co(共同) + **author**(作者)
➡ 共同的作者
名 共同作者

coworker
[`ko͵wɝkɚ]

co(共同) + **work**(工作) + **er**(人)
➡ 一起工作的人
名 同事

combine
[kəm`baɪn]

com(共同) + **bi**(2個) + **ine**(動詞化)
➡ 2個一起
動 結合、組合
combination 名 結合、組合

cooperate
[ko`ɑpə͵ret]

co (共同) + **operate** (勞動)
➡ 一起工作
動 協助　**cooperation** 名 合作
cooperative 形 協助的

collaborate
[kə`læbə͵ret]

co(共同) + **labor**(工作) + **ate**(動詞化)
➡ 一起工作
動 共同工作、共同協力
collaboration 名 共同(研究)

condense
[kən`dɛns]

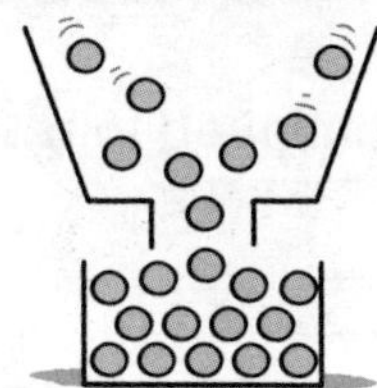

co(完全) + **dense**(濃)
➡ 完全變濃
動 濃縮

2-1 form ＝形

conform

【kən`fɔrm】

con（共同）+ form（形）

➡ 相同的形式

動 服從、遵守、一致

關聯字彙 ➡ conformity 名 服從、一致、適合

Conform to the school regulations.
請**遵守**校規。

He continued to resist conformity.
他依舊抵死不**服從**。

語源筆記

「制服」是「uniform」，「格式」是「format」，「隊形」是「formation」，form基本上就是「形式」。不過改建房屋並不是「reform」，正確的用法是renovation。

form（形）+ la（小）

➡ **形狀小**

formula

【ˋfɔrmjələ】

名 公式、慣例

formulate 動 公式化、規畫

What formula is this for?

那是什麼公式？

re（再次）+ form（形）

➡ **再次塑形**

reform

【ˌrɪˋfɔrm】

動 改革、改過

名 改革、改過

He decided to reform the tax system.

他決定改革稅制。

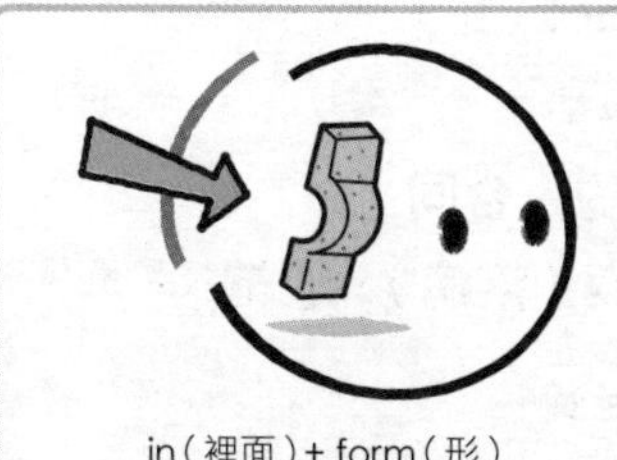

in（裡面）+ form（形）

➡ **在頭腦裡塑形**

inform

【ɪnˋfɔrm】

動 通知、告知

information 名 資訊、報導

Who informed you of the news?

誰通知你這個消息？

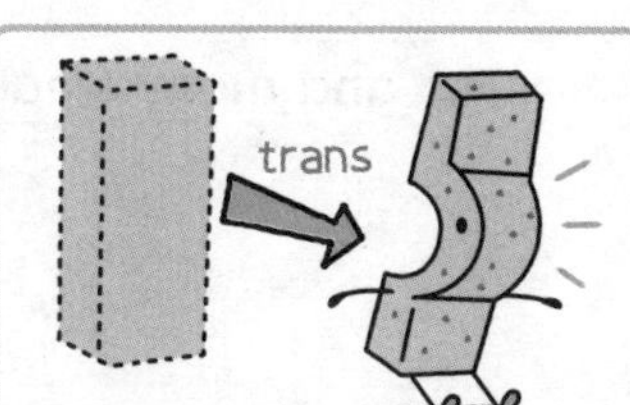

trans（超越）+ form（形）

➡ **超越形式**

transform

【trænsˋfɔrm】

動 變換、改觀

transformation 名 變形、變化、變質

She transformed the handkerchief into a pigeon.

她把手帕變成鴿子。

2-2 tra(ct) ＝拉

contract

con（共同）+ tract（拉）

➡ 互相拉

名【ˋkantrækt】契約、合同

動【kənˋtrækt】簽約、感染（疾病）、收縮

關聯字彙 ➡ contractor 名 訂約人、承包商

contraction 名 收縮、縮短

I already have a contract with a publisher for my next book.

我已經跟出版社簽約要出下一本書。

In the 1980s, the economy contracted and many small businesses failed.

1980年代經濟緊縮，很多小企業破產。

語源筆記

「tractor」是指拖動本身無動力車輛的「拖拉機」，被拖動的車子稱為「trailer」。不論tract或trail，都是源自具有「拉」含意的拉丁文trahere。

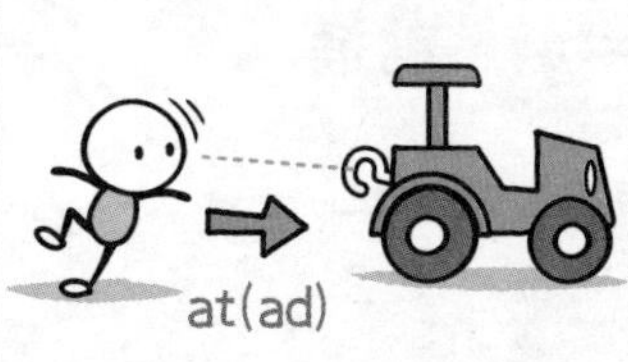

a(t)（朝向～）+ tract（拉）

➡ **吸引**

attract

【ə`trækt】

動 吸引、魅惑

attraction 名 魅力、吸引力

attractive 形 有魅力的

The park attracts millions of tourists each year.

那個公園每年**吸引**數百萬的觀光客

ab（離開）+ tract（拉）

➡ **拉開** ➡ **抽出**

abstract

【`æbstrækt】

形 抽象的、難懂的

名 抽象（概念）

動【æb`strækt】提取、摘要

Many people don't like abstract art.

很多人不喜歡**抽象**藝術。

ex（外面）+ tract（拉）

➡ **拉到外面**

extract

【ɪk`strækt】

動 提取、抽出

名【`ɛkstrækt】精華

He had his wisdom tooth extracted.

他**拔掉**了他的智齒。

dis（離開）+ tract（拉開）

➡ **抽離**

distract

【dɪ`strækt】

動 使分心、干擾

distraction 名 注意力分散、分心

Don't distract me while I'm driving!

開車時不要**擾亂**我！

2-3 gre(ss), grad ＝走、前進

congress

【 `kaŋgrəs 】

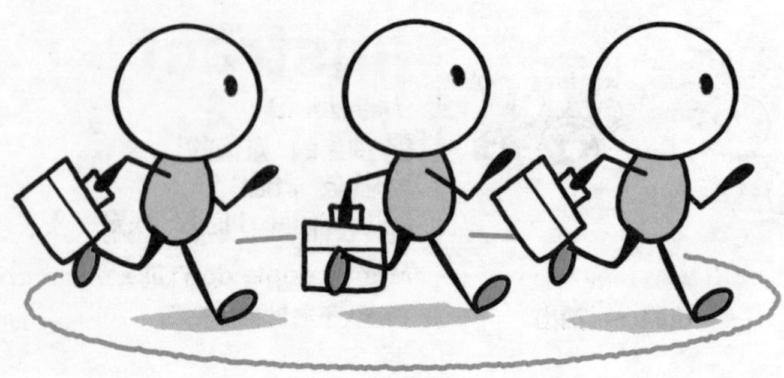

con

con（共同）+ gress（行走）

➡ 大家一起去的地方

名 會議、大會、國會

關聯字彙 ➡ congressional 形 會議的、國會的、議會的

A medical congress will be held in Taipei next month.
醫學**會議**將於下個月在台北舉行。

Congress has rejected the President's plan.
國會否決了總統的計畫。

語源筆記

飯店或機艙升等稱爲upgrade。字義爲「階級」「程度」的grade，語源來自於「走」「前進」，grade用於學校時，代表「學年」「成績」的意思。

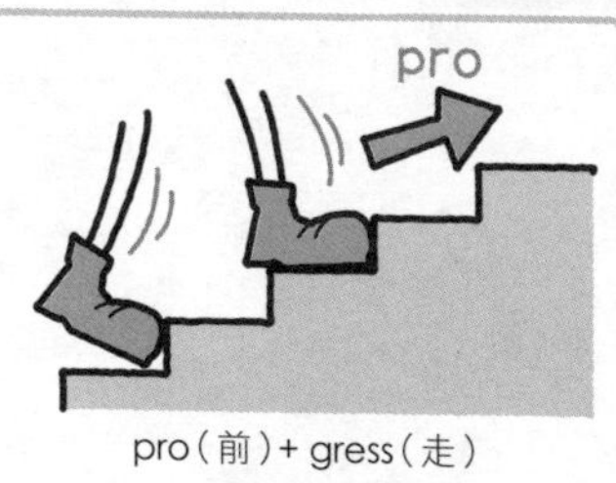

pro（前）+ gress（走）

➡ **前進**

progress

【prə`grɛs】

動 進步、前進

名【`pragrɛs】進步、行進

progressive 形 進步的、革新的

The yacht is making slow progress.

那艘遊艇緩緩**前進**中。

grade（階級）+ ual（形容詞化）

➡ **經過階級**

gradual

【`grædʒuəl】

形 徐徐的、逐漸的

gradually 副 逐步地、漸漸地

His English gradually improved.

他的英文**慢慢地**進步了。

grade（階級）+ ate（做～）

➡ **階級結束**

graduate

【`grædʒuˌet】

動 畢業

名【`grædʒuɪt】畢業生、學士

graduation 名 畢業、畢業典禮

He graduated from Taiwan University.

他**畢業**於台灣大學。

de（下）+ gree（程度）

➡ **下一層程度**

degree

【dɪ`gri】

名 程度、度、學位

The temperature is about 40 degrees Celsius.

溫度約攝氏40**度**。

2-4 fin ＝結束

confine

【kən`faɪn】

con（共同）+ fin（結束）

➡ 和界限同在

動 限制、侷限　名 邊界、範圍

關聯字彙 ➡ confined 形 受限的、狹窄的、監禁的
confinement 名 監禁（狀態）、限制

Land fever is not confined to the U.S.
炒地皮不**侷限**於美國。

He is under confinement.
他被**監禁**中。

語源筆記

正如「finale」在音樂中代表樂章的「終曲」，在戲劇裡表示「最後一幕」，fin是「結束」的意思。到「最終戰finals」還沒有被淘汰的參賽者稱爲「finalist」。馬拉松的「終點」不是「goal」，而是「finish」。

de（完全）+ fin（結束）

➡ **完全終結**

➡ **訂定界線**

define

【dɪˋfaɪn】

動 下定義、限定

definition 名 定義、限定

How do you define the word, "happiness"?

你如何**定義**「幸福」?

fin（結束）+ ance（名詞化）

➡ **借款還清**

finance

【faɪˋnæns】

名 財政、財源

financial 形 財政的

He works for the Minister of Finance.

他在**財政**部上班。

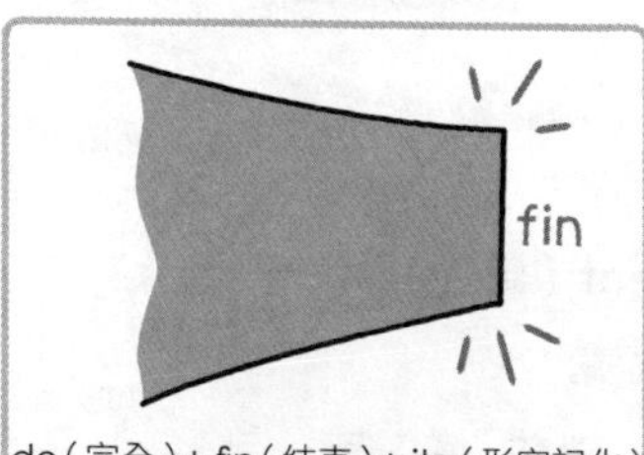

de（完全）+ fin（結束）+ ite（形容詞化）

➡ **制定界線**

definite

【ˋdɛfənɪt】

形 明確的、肯定的

definitely 副 肯定地、明確地

Jane doesn't have any definite plans for the future.

珍對未來完全沒有**明確的**計畫。

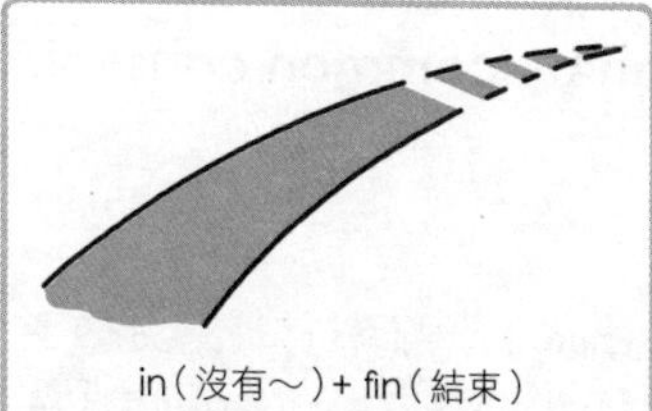

in（沒有～）+ fin（結束）+ ite（形容詞化）

➡ **沒有結束**

infinite

【ˋɪnfənɪt】

形 無限的、極大的

The universe is infinite.

宇宙是**無垠的**。

2-5 sens, sent＝感覺

consent

【kən'sɛnt】

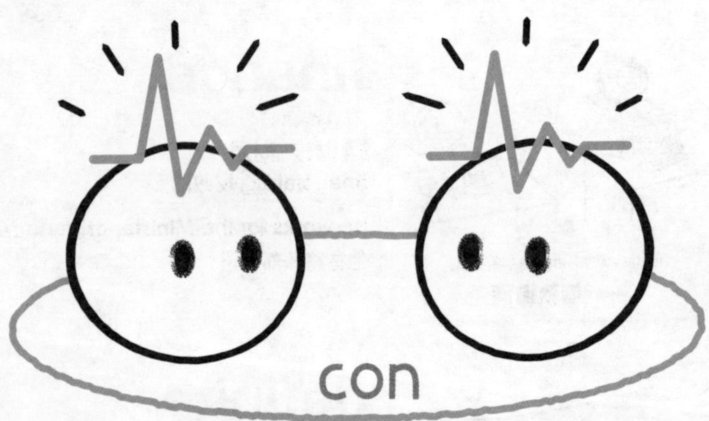

con（共同）+ sent（感覺）

➡ 共同感覺

動 同意　名 同意、贊成、答應

He consented to an operation.
他**同意**動手術。

He was chosen as chairperson by common consent.
全場一致**同意**他擔任議長。

語源筆記

反映光、熱、聲音的「感應器」稱之為「sensor」，裡面就有「感覺」的字根sens, sent。sense是「感覺、知覺」「自覺」「良知」，sensation是「轟動」、sentence是「說出感受」，轉化為「文章」或「判決」之意。

resent

【rɪˋzɛnt】

動 憤恨、憎惡

resentful 形 憤恨的、氣憤的

She would never resent me for anything.

不論我做什麼她都不會對我生氣。

assent

【əˋsɛnt】

動 同意、贊成

名 同意、贊成

She has given her assent to the proposals.

她贊成提案。

dissent

【dɪˋsɛnt】

動 反對

名 異議

She has given her dissent to the proposals.

她反對提案。

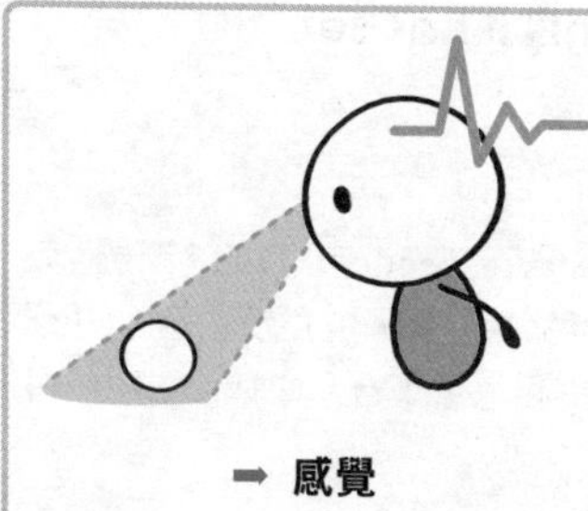

scent

【sɛnt】

動 嗅出、聞到

名 氣味、香味

He scented danger and decided to leave.

他嗅到危險，決定離開現場。

2-6 cre(ase), cru＝增加、成長

concrete

【ˋkankrit】

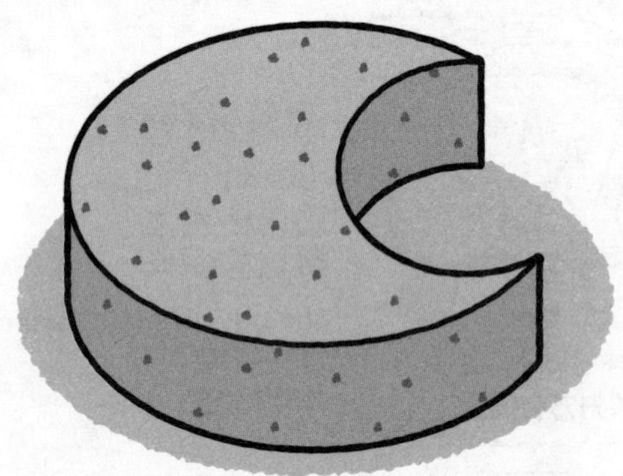

con（共同）+ crete（成長）

➡ 結合後變硬

形 具體的、水泥製的

名 水泥　動（用水泥）凝固

It is easier to think in concrete terms rather than in the abstract.

具體的字眼比抽象的字眼好思考。

Don't walk on the concrete until it has set.

在**水泥**凝固之前請勿踩踏。

語源筆記

音樂術語中聲音漸大的「漸強記號」稱為「crescendo」，反之「漸弱」就稱為「decrescendo」。字首de在後面的章節會介紹，是表示「下面」「離開」的意思。有「弦月」之意的crescent，語源也是來自「增加」。請由「月亮的盈虧」來想像「增減」。

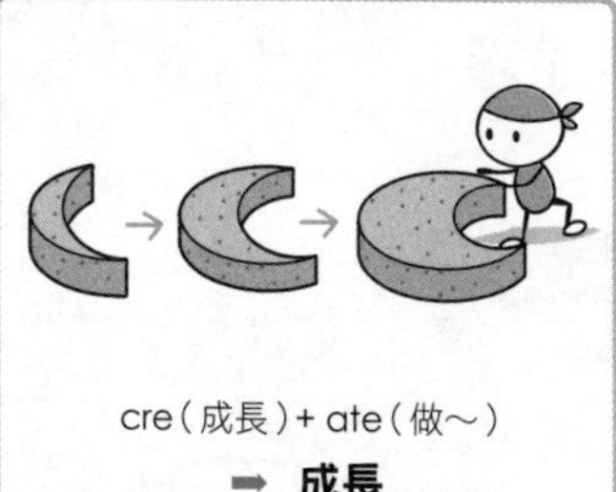

cre（成長）+ ate（做～）

➡ **成長**

create

動【krɪˋet】創造

creative 形 有創造力的

creation 名 創造、創作

creature 名 生物、動物、家畜

creator 名 造物者、創作者

That singer created a new kind of music.

那位歌手**創造了**新風格樂曲。

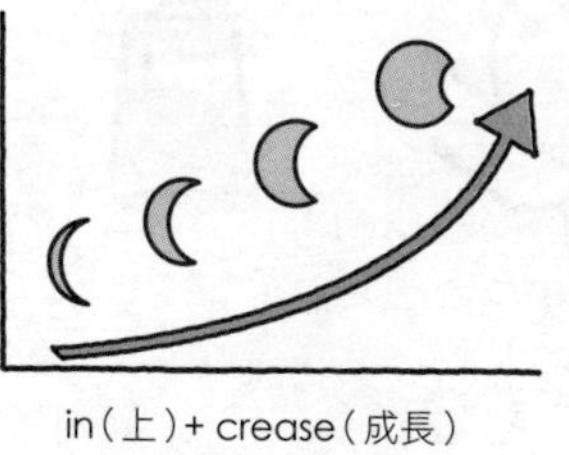

in（上）+ crease（成長）

➡ **向上成長**

increase

【ɪnˋkris】

動 增加、增大

名【ˋɪnkris】增加、增強

Prices increased by 10% in a year.

物價在1年內**上升了**10%

de（下）+ crease（成長）

➡ **向下成長**

decrease

【dɪˋkris】

動 減少

名【ˋdikris】減少、減小

The population of this village is decreasing.

這個村莊的人口**減少中**。

re（再次）+ cruit（成長）

➡ **再次壯大**

recruit

【rɪˋkrut】

動 補充、招聘、充實

They recruited some new members to the club.

他們**招攬了**好幾位新會員進俱樂部。

2-7 pet(e), peat ＝追求

compete

【kəm`pit】

com（共同）**+ pete**（追求）

➡ 一起追求

動 競爭、比賽

關聯字彙 ➡ **competition** 名 競爭、角逐
competitive 形 好競爭的、競爭的

They competed with each other for the prize.
他們為了獎品而互相**競爭**。

I'll enter the golf competition.
我將參加高爾夫球**競賽**。

語源筆記

repeater是表示在運動賽事中「再次上場的人」或「重修生」。常被誤用成經常到相同地方或是店家的熟客，而熟客的正確英文應該是repeat customer，或者是regular customer。

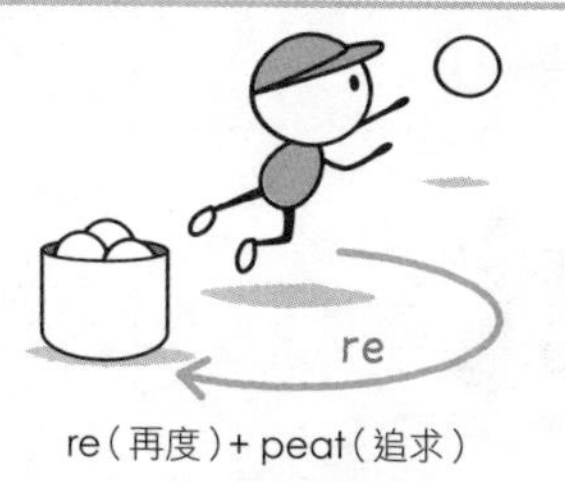

re（再度）+ peat（追求）

➡ **一次次追求**

repeat

【rɪˋpit】

動 反覆、複述

repetition 名 重複、副本

Don't repeat the same mistake.

不要**反覆**犯同樣的錯。

a(p)（朝向）+ pet（追求）+ ite（名詞化）

➡ **追求～的心情**

appetite

【ˋæpəˌtaɪt】

名 食欲、欲望

He has an enormous appetite.

他**食欲**旺盛。

com（共同）+ pet（追求）+ ent（形容詞化）

➡ **可以互相競爭**

competent

【ˋkampətənt】

形 稱職的、有能力的

competence 名 能力、勝任

He is competent to the task.

他很**適任**這份工作。

pet（追求）+ ition（名詞化）

➡ **追求的事物**

petition

【pəˋtɪʃən】

名 請願書

動 請願、請求

He signed a petition against animal abuse.

他在反對虐待動物的**請願書**上連署。

2-8 quest, quire ＝尋求

conquest

【`kaŋkwɛst】

con（完全）+ quest（追求）

➡ 追求對方的一切

名 征服、克服、占領

關聯字彙 ➡ conquer 動 征服、攻克、克服

Who was the first person to conquer Mt. Everest?

第一位**征服**聖母峰的人是誰？

The Norman Conquest took place in 1066.

諾曼**征服**發生於1066年。

語源筆記

尋求答案的「詢問」「問題」是question，「小考」「猜謎」則是quiz，後者來自於拉丁文的Qui es?（＝Who are you?）。而問卷的英文則是questionnaire。

re（再度）+ quest（追求）

➡ **不斷追求**

request

【rɪ`kwɛst】

動 請求、要求

名 請求

You are requested not to smoke here.

請勿在此吸菸。

re（再度）+ quire（追求）

➡ **不斷追求**

require

【rɪ`kwaɪr】

動 需要、要求

requirement 名 需要、必要條件

You are required to wear a seat belt.

請繫好安全帶。

in（裡面）+ quire（追求）

➡ **進入裡面找資料**

inquire

【ɪn`kwaɪr】

動 詢問

inquiry 名 詢問、打聽、質詢

The police inquired as to her whereabouts that night.

警察盤問她那晚人在何處。

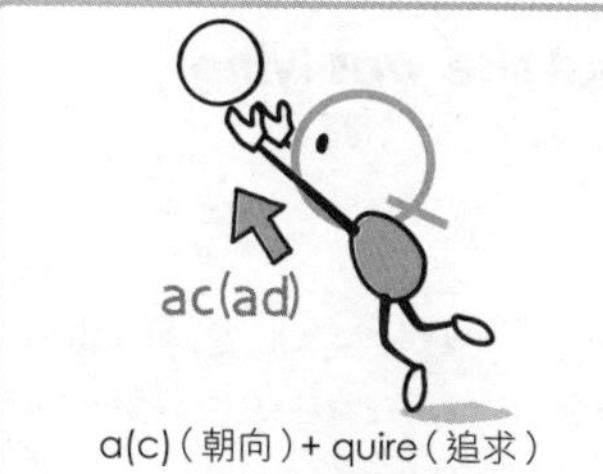

a(c)（朝向）+ quire（追求）

➡ **追尋～**

acquire

【ə`kwaɪr】

動 獲得、學到

acquirement 名 獲得、才能、成就

He spent $10 million to acquire the hall.

他花了1千萬美金買到手那個展演廳。

2-9 clude, close ＝關閉

conclude

【kən`klud】

con（完全）+ clude（關閉）

➡ 完全關閉

動 斷定、結束

關聯字彙 ➡ conclusion 名 結論、推論
conclusive 形 決定性的、最終的

The party was concluded with three cheers.
派對在高喊三聲萬歲後**畫下句點**。

We came to the conclusion that she was lying.
我們的**結論**是她在說謊。

語源筆記

運動賽事中的「close game」是指「比數接近、勝負難分」，形容詞的close有「接近」或「親密」的意思。棒球中的「終結者（closer）」是指負責投最後幾局的後援投手。

ex（向外）+ clude（關閉）

➡ **關在外面**

exclude

【ɪk`sklud】

動 阻止～進入、排除在外

exclusive 形 排他的、獨占的

exclusion 名 排除在外、排斥

He was excluded from the meeting.

他被會議排拒在外。

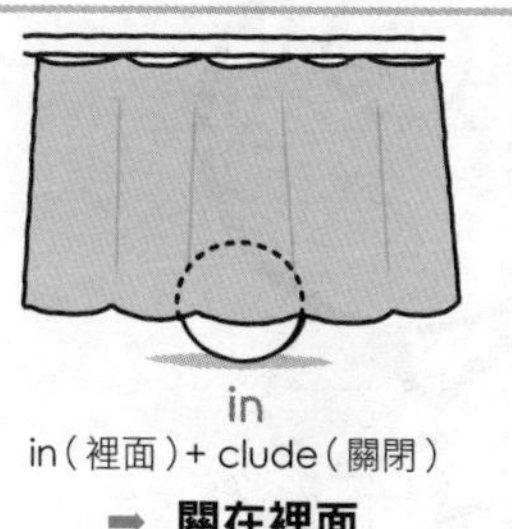

in（裡面）+ clude（關閉）

➡ **關在裡面**

include

【ɪn`klud】

動 包含

including～ 介 包含～

The price is 100 dollars, including tax.

價格為100美元包含稅金。

en（裡面）+ close（關閉）

➡ **關在裡面**

enclose

【ɪn`kloz】

動 圍住、隨信附上（把××封入）

enclosure 名 包圍、圈住、封入

Please enclose your resume.

請隨信附上履歷。

dis（沒有）+ close（關閉）

➡ **沒有關住**

disclose

【dɪs`kloz】

動 公開、揭露

disclosure 名 透露、揭發

The police disclosed the identity of the suspect.

警察揭露嫌犯的身分。

2-10 mem(or), min(d) ＝心、記憶

commemorate

【kə`mɛmə͵ret】

com（共同）**+ mem(or)**（心）**+ ate**（做～）

➡ 一起銘記在心

動 **慶祝、紀念、追悼**

關聯字彙 ➡ **commemoration** 名 祝福、紀念、慶典
commemorative 形 紀念的 名 紀念品

The company commemorated the 30th anniversary of its foundation.
那家公司**慶祝**創立30週年。

His hobby is collecting commemorative stamps.
他的興趣是收集**紀念**郵票。

語源筆記

英文的memo是memorandum的省略詞，用於「公司內部通訊錄」「摘要」之意。另外memorial是用於「追悼」死者的字彙。

re（再次）+ mem（心）+ ber

➡ **喚起內心**

remember

【rɪˋmɛmbɚ】

動 回想起、記得

remembrance 名 回憶、記憶力

Remember to mail this on your way to school.

上學途中**記得**去寄信。

re（再次）+ mind（心）

➡ **喚起內心**

remind

【rɪˋmaɪnd】

動 使記起、提醒

That song always reminds me of our first date.

那首歌總是令我**想起**我們的一次約會。

mem(or)（心）+ ize（做）

➡ **留在心裡**

memorize

【ˋmɛməˏraɪz】

動 熟記、記住、背熟

I have to memorize this poem by tomorrow.

明天之前一定要把這首詩**背起來**。

im（不是）+ mem(or)（記憶）+ ial（形容詞化）

➡ **沒有記憶的**

immemorial

【ˏɪməˋmorɪəl】

形 遠古的、無法追憶的

Markets have been held here from time immemorial.

自古以來市場就在此營運。

2-11 pel, peal, pul ＝驅逐

compel

【kəm`pɛl】

com（完全）+ pel（驅趕）

➡ 強制

動 強迫、迫使

關聯字彙 ➡ compulsory 形 強制的、義務的

The scandal compelled him to resign.
他因為爆發醜聞不得不辭去工作。

English is a compulsory subject in this country.
英文在這個國家是**必修**科目。

語源筆記

醫生或護士觸摸患者手腕測量心跳是否正常的「量脈搏」，英文稱爲「pulse」，「心臟規律跳動」稱爲pulsate。「壓」push也是來自相同語源。

pro（前面）+ pel（驅趕）

➡ **使之前進**

propel

【prə`pɛl】

動 推進、推動

The movie propelled him to stardom.

那部電影把他捧成巨星。

ex（外面）+ pel（驅趕）

➡ **趕到外面**

expel

【ɪk`spɛl】

動 驅逐、開除、除名

He was expelled from school for smoking.

他因為抽菸被學校退學。

re（後面）+ pel（驅趕）

➡ **不讓人接近**

repel

【rɪ`pɛl】

動 驅逐、擊退

repellent 形 令人厭惡的、驅除的

名 驅蟲劑

Cedar candles are used to repel insects.

雪松蠟燭可以驅除蟲子。

im（在～之上）+ pulse（驅趕）

➡ **驅趕**

impulse

【`ɪmpʌls】

名 衝動、一時的念頭

impulsive 形 衝動的、易衝動的

His first impulse was to catch the ball.

他一開始的動機是想要接住那顆球。

2-12 rupt ＝碎裂

corrupt

【 kə`rʌpt 】

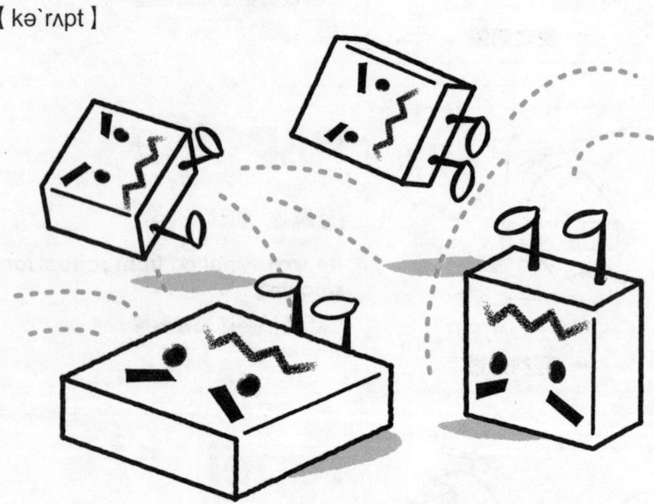

co(r)（完全）+ rupt（碎裂）

➡ 完全破碎

形 腐敗的、貪汙的 動 使腐敗、收買

關聯字彙 ➡ corruption 名 賄賂、貪汙

Corrupt judges have taken millions of dollars in bribes.
貪汙的法官已經收受了數百萬美元的賄賂。

Sex and violence on TV led to the corruption of young people.
電視上的性與暴力讓年輕人日益**墮落**。

語源筆記

在美國有一條連結洛杉磯到芝加哥的公路，稱爲Route 66，公路偶數爲東西向，基數爲南北向。route原本就和rupt爲相同語源，是砍伐森林開闢出來的道路。

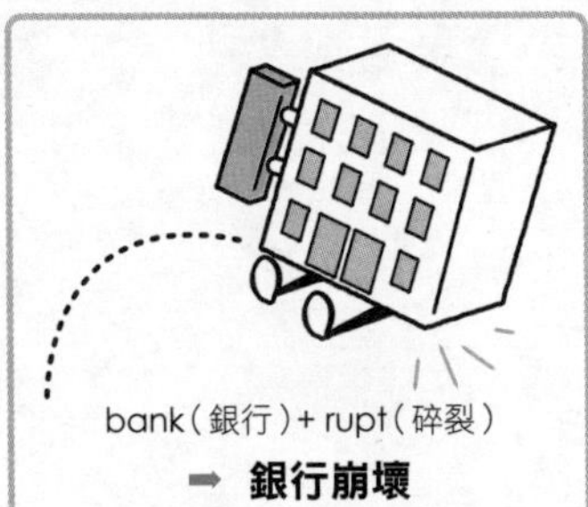

bank（銀行）+ rupt（碎裂）

➡ **銀行崩壞**

bankrupt

【`bæŋkrʌpt】

形 破產的、完全失敗的

bankruptcy 名 破產、完全喪失

In 2000 he was declared bankrupt.

他在2000年宣告**破產**。

ab（離開）+ rupt（碎裂）

➡ **（突然）崩落**

abrupt

【ə`brʌpt】

形 突然的、意外的

The bus came to an abrupt halt.

巴士**突然**停車。

inter（在～之間）+ rupt（碎裂）

➡ **插入**

interrupt

【ˌɪntə`rʌpt】

動 打斷、妨礙

interruption 名 打斷、妨礙、干擾

Can I interrupt for a second?

可以稍微**打擾**一下嗎？

e（向外）+ rupt（碎裂）

➡ **崩裂而出**

erupt

【ɪ`rʌpt】

動 噴出、爆發

eruption 名 噴出、爆發

The volcano erupted last year.

這座火山去年曾經**爆發**。

Chapter 3

de-

（離開、下面）

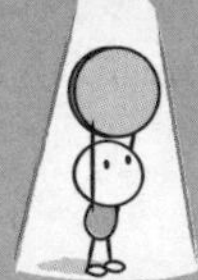

de-

（離開、下面）

字首de與di(s)同樣是表示「分離」「下面」「否定」的拉丁文，因為也帶有消失的意味，所以也具有「完全」的意思。

derive
［dɪ`raɪv］

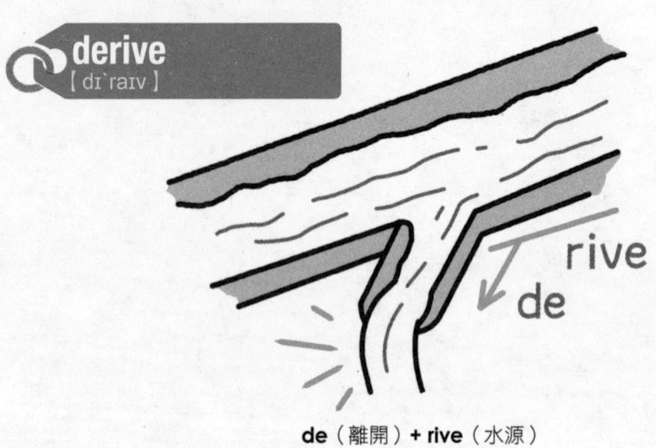

de（離開）+ **rive**（水源）
➡ 引水

動 由來、導出、引申出

語源筆記

river「河」本來的意思是「河岸」，rival的原意是住在河川兩岸的人。arrive「抵達」也是從「朝著岸邊」衍生而來。

---

deprive
［dɪ`praɪv］

de（離開）+ **private**（個人的）➡ 從個人身邊離開

動 剝奪、從……搶走

語源筆記

deprive 是由private表示「私用的」「個人的」等意思的單字，加上帶有表示「分離」的de所組成的單字。「特權」privilege則是源於「privi（個人的）+leg（法）」。

delay
【 dɪˋle 】

de（離開）+ **lay**（放置）
➡ 離遠一點
動 延遲、拖延
名 延期、延遲、耽擱

degrade
【 dɪˋgred 】

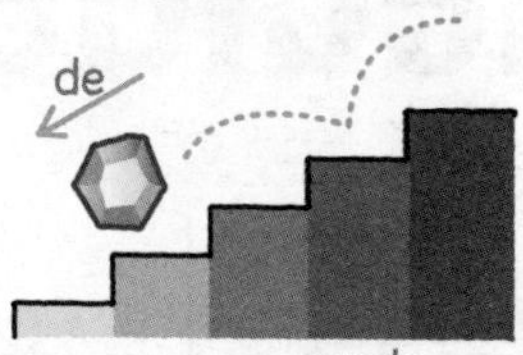

de（下面）+ **grade**（階級）→參照**P58**
➡ 階級往下
動 降級、貶低

deforestation
【 ˌdifɔrəsˋteʃən 】

de（離開）+ **forest**（森林）
+ **ation**（做～）
➡ 森林消失
名 砍伐森林

declare
【 dɪˋklɛr 】

de（完全）+ **clare**（清楚）
➡ 完全變清楚
動 宣布、聲明

defrost
【 diˋfrɔst 】

de（離開）+ **frost**（霜）
➡ 離開霜
動 解凍、溶化

deform
【 dɪˋfɔrm 】

de（離開）+ **form**（形式）→參照**P54**
➡ 脫離本來的形式
動 使變形

3-1 cide, cise ＝切

decide

【 dɪ`saɪd 】

de（離開）**+ cide**（切）

➡ 斷然切開

動 決心、決定

關聯字彙 ➡ **decision** 名 決心、決定

decisive 形 決定的、確定的、明確的

She's decided to study abroad.

她**下定決心**要去留學。

Her answer was a decisive "no".

她的答案很**明確的**就是「不」。

語源筆記

有計畫的「大量屠殺」是genocide，gen是表示「種族」「生命」的字根，意即此一字彙是結合了「種族（geno）＋切（cide）」。「殺蟲劑」是pesticide或insecticide，除草劑是herbicide，殺菌劑是bactericide / germicide，墮胎是feticide。

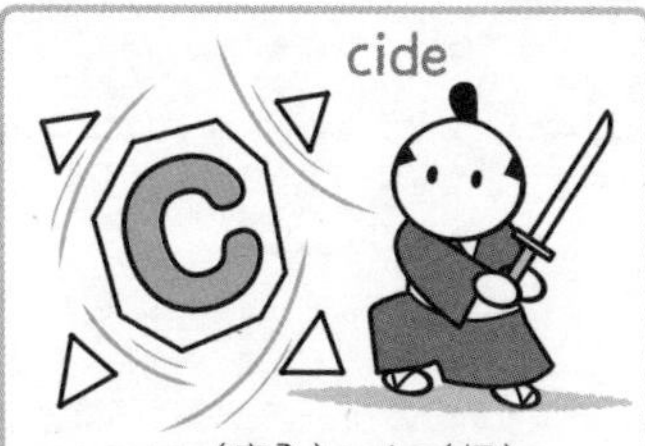

con（完全）+ cise（切）

➡ **把不必要的東西完全切掉**

concise

【kən`saɪs】

形 簡潔的、簡明的、簡要的

Make a concise summary of this report.

把報告書整理得**簡潔**一些。

sui（自己）+ cide（切）

➡ **切自己**

suicide

【`suəˌsaɪd】

名 自殺

It is said he committed suicide.

據說他是**自殺**身亡。

pre（前）+ cise（切）

➡ **事先切掉**

precise

【prɪ`saɪs】

形 正確的、嚴格的、明確的

precisely 副 正確地、剛好地

You have to follow a precise route.

你必須依循**正確的**路線。

sciss（切）+ or（物品）

➡ **切物品**（源自古法文cisoires）

scissors

【`sɪzɚz】

名 剪刀

Will you lend your scissors?

可以借一下你的**剪刀**嗎？

3-2 bat＝打

debate

【dɪˋbet】

de（下）+ bat（打）

➡ 打倒

動 爭論、辯論 名 爭論、辯論會

There was a public debate on the tax reduction.
針對減稅舉行公開**辯論**。
They debated whether to raise tax.
他們在**討論**是否加稅。

語源筆記

棒球中擊球是「bat」，打者是「batter」，字根的bat都有「打」的意思。演奏會的指揮所揮動的「指揮棒（baton）」也是相同語源。

bat（打）+ er（反覆）

➡ **反覆打**

batter

【ˋbætɚ】

動 猛打、虐待、連續猛擊

名（麵粉、牛奶、水混合的）麵糊

As a child he was battered by his mother.

他小時候被媽媽虐待。

bat（打）+ le（反覆）

➡ **互打**

battle

【ˋbætl̩】

名 戰爭、交戰、鬥爭、爭論

動 戰鬥、作戰

battlefield 名 戰場、戰地

battleship 名 戰艦

He was killed in a street battle.

他死於巷戰。

com（共同）+ bat（打）

➡ **一起打**

combat

【ˋkambæt】

動 戰鬥

名 戰鬥、格鬥

combatant 名 戰鬥部隊、戰士

He was killed in combat.

他死於戰爭。

➡ **打、敲**

beat

【bit】

動 打敗、打、攪拌

My team easily beat the opposition.

我們這一隊輕易就打敗對手。

3-3 part＝分開、部分

depart

【dɪ`part】

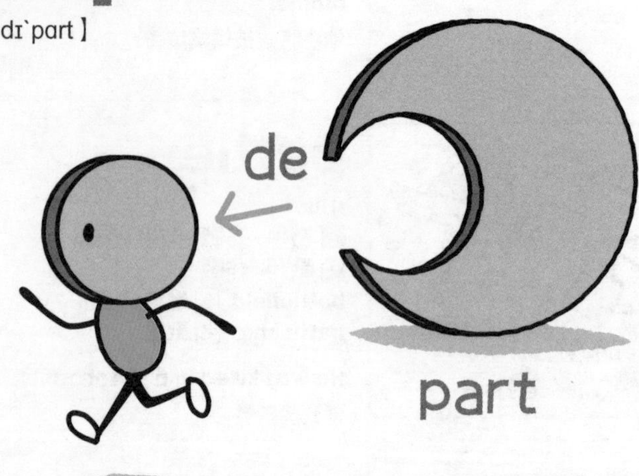

de（分離）+ part（分開）

➡ 離開

動 出發

關聯字彙 ➡ departure 名 出發、啟程
department 名 部門、省、局、學科

Flights for London depart from Terminal 1.
往倫敦的班機從第一航廈**啟程**。

You should be at the airport an hour before departure.
你一定要在**出發**前1小時到達機場。

語源筆記

零件或全體的一部分稱爲part，而「夥伴（partner）」是可以一起同甘共苦「分享的人」。「party」原意也是「部分的集合體」，所以也有「黨」「政黨」「一群」「一團」的意思。

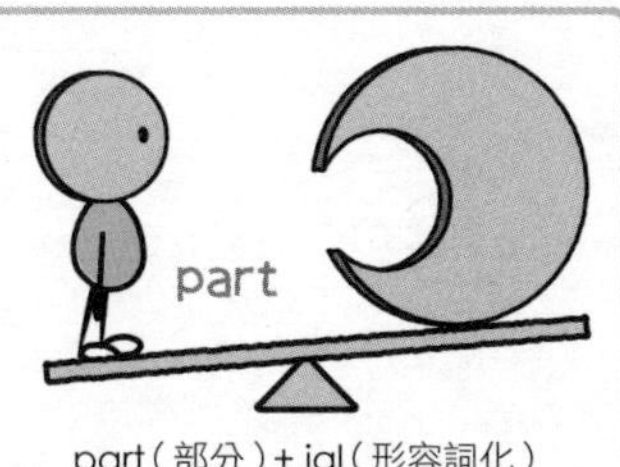

part(部分)+ial(形容詞化)

➡ **一部分**

partial

【`parʃəl】

形 部分的、偏袒的、偏愛的

impartial 形 不偏袒、公平

She is very partial to chocolate cakes.

她非常**偏愛**巧克力蛋糕。

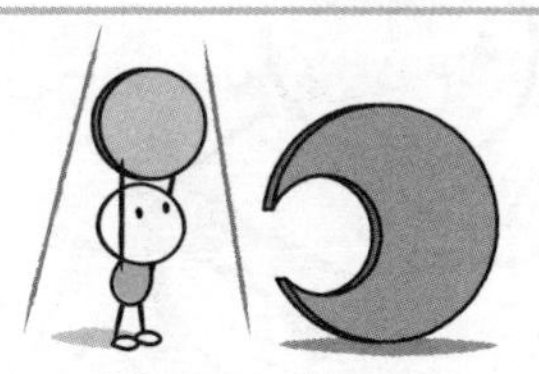

part(部分)+cul(=cle小)
+ar(形容詞化)

➡ **細微的部分**

particular

【pə`tɪkjələ】

形 特別的、特有的、挑剔的

particle 名 微粒、微量

She is particular about her clothes.

她對服裝很**挑剔**。

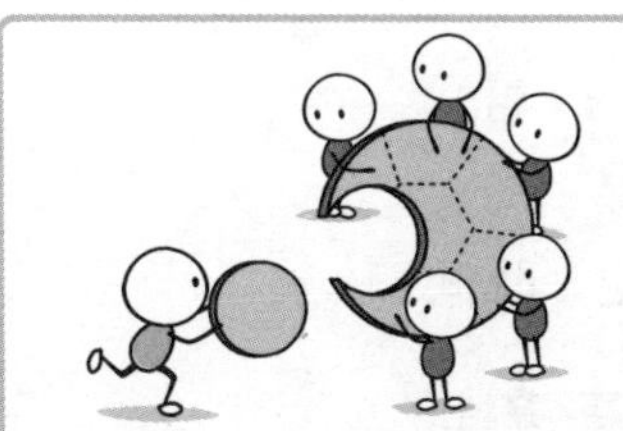

part(部分)+cip(取)+ate(動詞化)

➡ **取走一部分**

participate

【par`tɪsə͵pet】

動 參加

participant 名 參加者、關係人

participation 名 參加

Many people participated in the contest.

這場音樂會有很多人**參加**。

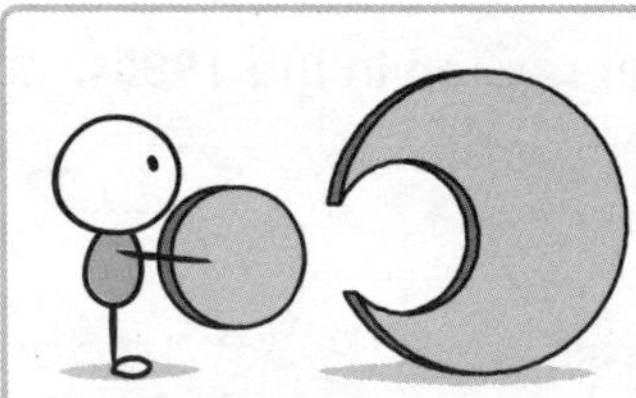

part(部分)+ion(名詞化)

➡ **一部分之一**

portion

【`porʃən】

名 配額、一人份、一部分

Can I have another portion?

可以**再多給一份**嗎?

3-4 press＝壓

depress

【dɪˋprɛs】

de（下）+ press（壓）

➡ 往下壓

動 壓下、使沮喪、降低

關聯字彙 ➡ depression 名 沮喪、不景氣、窪地

depressive 形 抑鬱的、罹患憂鬱症的

He felt depressed at the result of the exam.
他對考試的結果很**沮喪**。

The country was in a deep depression in the 1980s.
該國在1980年代經濟**大蕭條**。

語源筆記

表示「壓」的基本動詞有push與press，差異在於push是壓過後對象物會移動，press則是給予壓力，讓對象物產生變化。「比腕力」美式英文爲a push-up、英式英文爲a press-up。

im（上）+ press（壓）

➡ **往心裡壓**

impress

【[ɪm`prɛs]】

動 留下好印象、使欽佩

impression 名 印象、影響

impressive 形 令人印象深刻

I was impressed by his paintings.

我對他的畫非常**感動**。

ex（向外）+ press（壓）

➡ **擠出**

express

【ɪk`sprɛs】

動 表達、快遞

名 快速列車、快遞

expressive 形 富有表情的、生動的

expression 名 表現力、表達

Will you send this package by express?

這個包裹可以幫我寄**快遞**嗎？

su(p)（下）+ press（壓）

➡ **往下壓**

suppress

【sə`prɛs】

動 壓制、抑制

He couldn't suppress his anger any longer.

他再也無法**壓抑**憤怒。

o(p)（朝向）+ press（壓）

➡ **給壓力**

oppress

【ə`prɛs】

動 壓抑、壓迫

The people were oppressed by the dictator.

人民受到獨裁者的**壓迫**。

3-5 tour, turn, tir ＝彎曲、旋轉

detour

【 `ditʊr 】

de（離開）+ tour（彎曲）

➡ 繞遠路

名 繞遠路、迂迴 動 迂迴、繞過

I took a detour to avoid the town center.
我**繞遠路**避開市中心。

Obama detoured to Chicago for a special meeting.
歐巴馬為了特別的會議**繞道**芝加哥。

語源筆記

U形迴轉是指沿著U字迴轉，turn的tur有「迴轉」「轉動」的意思。「旅行」的「tour」就有繞一圈又回到原點的意思。印度人頭上包捲的頭巾（turban），語源也同樣來自於阿拉伯語。

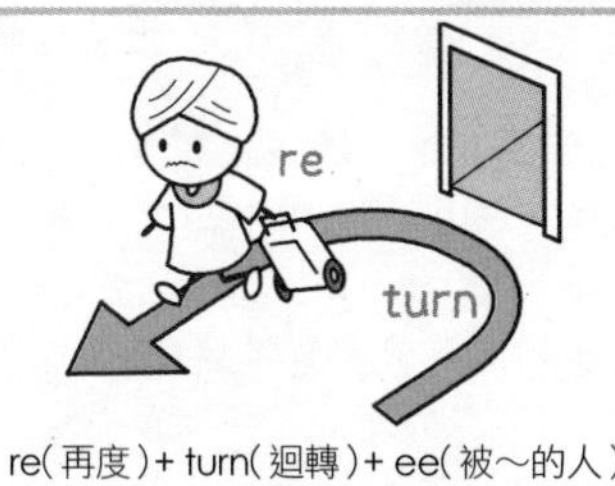

re(再度)+ turn(迴轉)+ ee(被～的人)

➡ **被送回的人**

returnee

【rɪˌtɝˋni】

名 強制遣返、歸國子女

There are many returnees in this school.

這個學校有很多**歸國子女**。

a(t)(朝向～)+ torn(迴轉)
+ ey(被～的人)

➡ **被迴轉的人**

attorney

【əˋtɝnɪ】

名 律師、法定代理人

I was made my father's attorney.

我被指定為父親的**法定代理人**。

➡ **因為根圓圓的**

turnip

【ˋtɝnɪp】

名 蕪菁

Add mushrooms, carrot, turnip, and celery.

放入蘑菇、紅蘿蔔、**蕪菁**、西洋芹。

con(共同)+ tour(迴轉)

➡ **沿著形狀迴轉**

contour

【ˋkantʊr】

名 輪廓、外形

He studied the contours of her face.

他端詳著她的臉部**輪廓**。

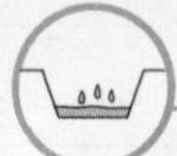

3-6 fic ＝做

deficit

【 `dɛfɪsɪt 】

de（反對）+ fic（做）+ it（受格）

➡ 無法做

名 不足（額）、赤字、劣勢

關聯字彙 ➡ deficient 形 不足的、有缺點的
deficiency 名 不足、虧損、缺陷

The trade balance has been in deficit for the past few years.
這幾年貿易都處於**逆差**的狀態。

Your diet is deficient in vitamins.
你的飲食中維生素**不足**。

語源筆記

「科學（science）」的語源是「了解」，形容詞的scientific（科學的）字尾ific是「變成～」、「作爲～」的意思。其他還有terrific（極好）、horrific（極其可怕的）、specific（特定的）、pacific（和平的）等字。

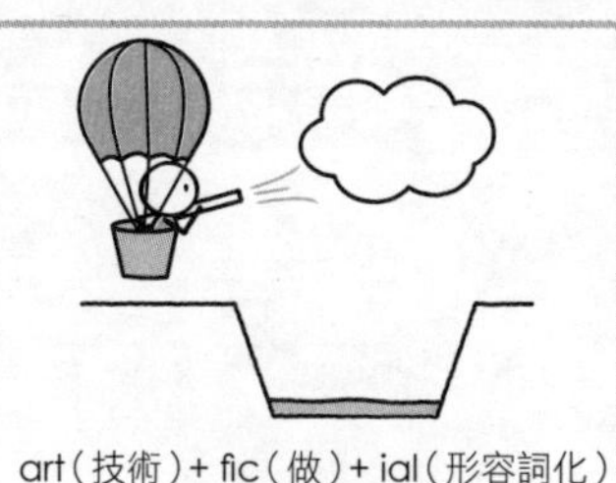

art（技術）+ fic（做）+ ial（形容詞化）
➡ 以技術製作

artificial

【ˌartəˋfɪʃəl】

形 人工合成的、仿造的

This ice cream contains no artificial colors.

這種冰淇淋不含人工合成的色素。

efficient

【ɪˋfɪʃənt】

形 有效率的、有能力的

efficiency 名 效能

Service at this restaurant is efficient.

這家餐廳服務非常有效率。

bene（好）+ fic（做）+ ial（形容詞化）
➡ 做得很好

beneficial

【ˌbɛnəˋfɪʃəl】

形 有益的、有利的

benefit 名 利益、恩惠

A daily glass of wine is beneficial to your health.

一天一杯紅酒有益健康。

sufficient

【səˋfɪʃənt】

形 充足的

suffice 動 足以、足夠

She has sufficient money to buy a new house.

她有足夠的資金可以買新房子。

Chapter 4

sub-

(下)

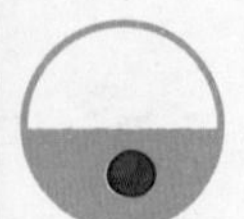

sub-

（下）

字首sub主要表示「在……下方、附屬、幾乎」，在拉丁文中還有「靠近、向」的意思，且根據後面接續字母不同，有suc, suf, sug, sup, sus等變化。

subway
[ˋsʌbˏwe]

sub（下）**+ way**（道路）➡ 下面的道路

名 地下鐵、地下道

語源筆記

在英國subway就如同字面上的含意為「地下道」，但是在美國這個字代表「地下鐵」。英國稱「地下鐵」為underground或tube。

---

submarine
[ˋsʌbməˏrin]

sub（下）**+ marine**（海洋的）➡ 海下

名 潛水艇　形 海底的、水下的

語源筆記

「海洋的（marine）」來自拉丁文。將肉、魚、蔬菜等以醋及橄欖油浸漬的「油醋漬（marinade）」，也是來自相同語源。

subtitle
【 `sʌb͵taɪtl̩ 】

sub（下）+ **title**（標題）
➡ 標題的下面
名 副標題、字幕

suburban
【 sə`bɝbən 】

sub（近）+ **urban**（都會的）
➡ 靠近都會
形 郊外的

subcommittee
【 `sʌbkə͵mɪtɪ 】

sub（下）+ **committee**（委員會）
➡ 下面的委員會
名 小組委員會

subtropical
【 sʌb`trɑpɪkl̩ 】

sub（近）+ **tropical**（熱帶的）
➡ 靠近熱帶
形 亞熱帶的

subconscious
【 sʌb`kɑnʃəs 】

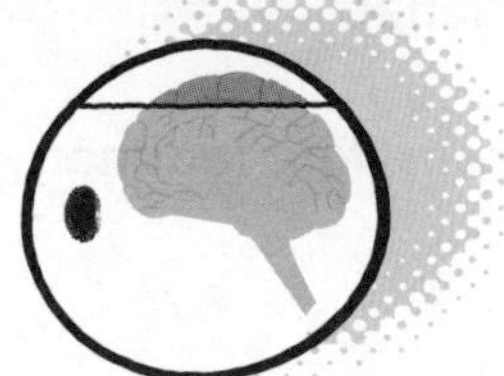

sub（下）+ **conscious**（意識的）
➡ 在意識之下
形 潛意識的

subnormal
【 sʌb`nɔrml̩ 】

sub（下）+ **nomal**（標準）
➡ 標準以下的
形 低於正常標準以下的

4-1 stitute =站

substitute

【ˋsʌbstəˏtjut】

sub（下）+ stitute（站）

➡ 站在下面

形 代理的 動 用……代替 名 代用品、代理人

You can substitute margarine for butter.
你可以用乳瑪琳代替奶油。

She is working in this school as a substitute teacher.
她在學校擔任代理的老師。

語源筆記

substitute也會以縮寫「sub」來表示「代理」「代用」的意思，例如：Sub-degree「副學士學位」就是不到大學學歷資格的專科學士學位，或是Factory Sub-Chief「副廠長」。

super（上）+ stition（站）

➡ **站在上面看敬畏的物品**

superstition

【ˌsupɚˋstɪʃən】

名 迷信

superstitious 形 迷信的、相信迷信的

Do you believe in superstitions?

你相信迷信嗎？

in（上）+ stitute（站）

➡ **使之站在上面**

institute

【ˋɪnstətjut】

名 學院、協會、研究所

動 建立、實施

institution 名 機構、制度、習俗

It was instituted in the time of Queen Victoria.

這是維多利亞女王時代所制定。

con（共同）+ stitute（站）

➡ **共同成立**

constitute

【ˋkɑnstəˌtjut】

動 構成、制定

constitution 名 憲法、體質、構成

constitutional 形 符合憲法的、本質的

How many states constitute the U.S.A?

美國由幾個州所組成？

de（下）+ stitute（站）

➡ **站不起來**

destitute

【ˋdɛstəˌtjut】

形 赤貧的、貧窮的、一貧如洗的

The floods left many people destitute.

這場洪水造成很多人一貧如洗。

4-2　sta, stat ＝站

substance

【 ˋsʌbstəns 】

sub（下）+ stance（站著）

➡ 在下面支撐

名 物質、實質、內容、要點

關聯字彙 ➡ substantial 形 實質的、大體上的、豐盛的

What she said has no substance.

她說的話內容乏善可陳。

A substantial number of houses were damaged by the floods.

為數相當多的房屋受到洪災。

語源筆記

「station」是列車「停靠的地方」。「status」是站著的狀態，引申為「地位」或「身分」。state的意思是穩固牢靠的站著，具有「國家」「州」「狀態」的意義。

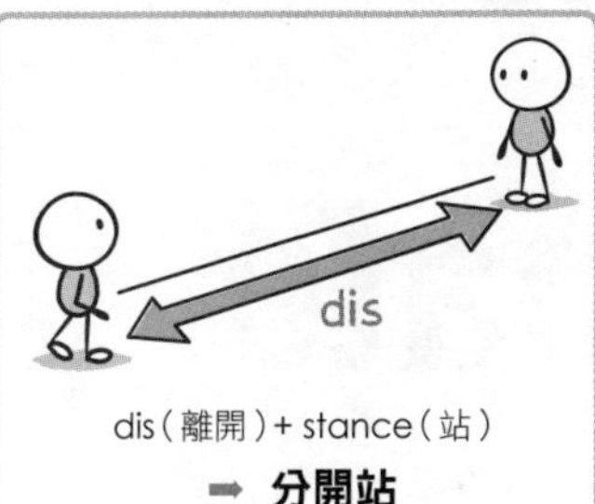

dis（離開）+ stance（站）
➡ **分開站**

distance

【`dɪstəns】

名 距離

distant 形 久遠的、冷淡的

We suddenly saw her in the distance.

我們突然看到她就在遠處。

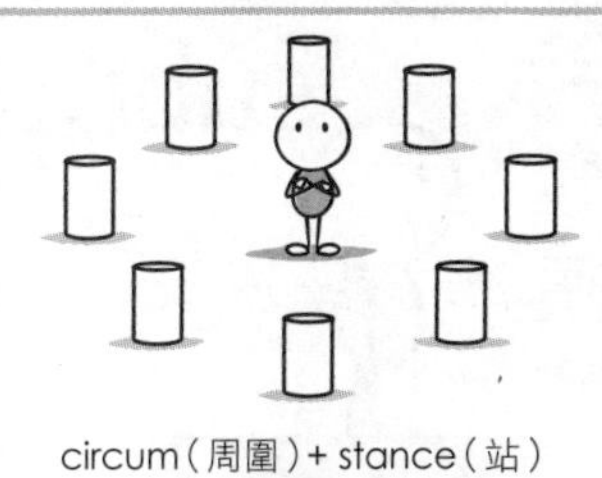
circum（周圍）+ stance（站）
➡ **站在周圍**

circumstance

【`sɝkəm͵stæns】

名 環境、狀況、情勢

circumstantial 形 依狀況而定的

He lived in comfortable circumstances.

他生活在舒適的環境。

➡ **被建造的物品**

statue

【`stætʃʊ】

名 塑像、雕像

What is the statue made of?

為什麼要蓋那座雕像？

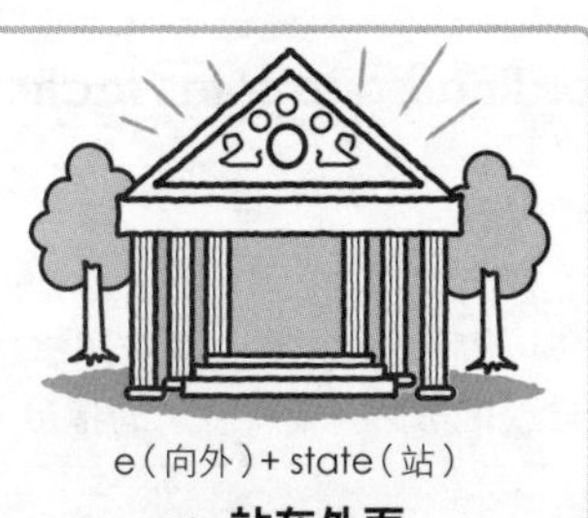
e（向外）+ state（站）
➡ **站在外面**

estate

【ɪs`tet】

名 莊園、不動產、財產

His estate was valued at $10,000,000.

他的財產價值1千萬美元。

4-3 ord ＝順序

subordinate

sub（下）**+ ordin**（順序）**+ ate**（形容詞化）

➡ 順序在下面

形【sə`bɔrdnɪt】**下級的、次要的、從屬的**

動【sə`bɔrdn͵et】**使之處於下級、使之優先**

A lieutenant is subordinate to a captain.
中尉比上尉**低階**。

Product research is often subordinated to sales tactics.
商品調查往往比銷售策略**優先**。

語源筆記

「打者順序」是「batting order」，order的本意就是「順序」。由按照順序排列的狀態引申爲「秩序」的意思。而按照順序排列需要有適切的指示，所以也有「命令」「訂製」的意思。

order（順序）+ ly（形容詞化）

➡ **按照順序**

orderly

【`ɔrdɚlɪ】

形 井然有序的、整齊的

Those bikes were parked in orderly rows.

那些腳踏車**整齊的**停放在停車場。

dis（不是）+ order（順序）

➡ **沒有按照順序**

disorder

【dɪs`ɔrdɚ】

名 混亂、無秩序、失調

disorderly **形** 無秩序的

His room is always in disorder.

他的房間總是**亂七八糟**。

ordin（順序）+ ary（形容詞化）

➡ **按照順序**

ordinary

【`ɔrdn͵ɛrɪ】

形 普通的、平常的

The life of ordinary citizens began to change.

一般民眾的生活開始改變。

extra（超越）+ ordinary（普通的）

➡ **超越普通**

extraordinary

【ɪk`strɔrdn͵ɛrɪ】

形 非凡的、異常的、特別的

What an extraordinary car he has!

他的車子真是**棒呆了**！

4-4 mit,mis ＝送

submit

【 səb`mɪt 】

sub（下）+ mit（送）

➡ 使其在下面

動 屈從、提出

關聯字彙 ➡ submissive 形 服從的、柔順的

The homework must be submitted by the end of this month.
月底以前必須**提交**作業。

He is always submissive to his wife.
他對太太的話**言聽計從**。

語源筆記

所謂的「mission」是被賦予特別的使命，所以引申爲「傳道」「任務」之意。電影《Mission Impossible》意即「不可能的任務」。missile（導彈）是攻擊敵人的武器。

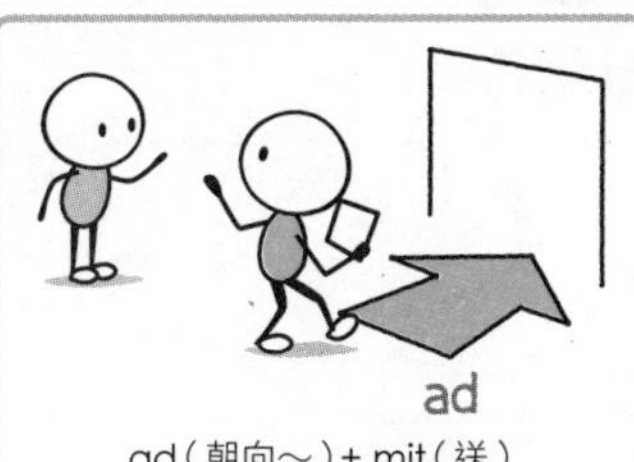

ad（朝向～）+ mit（送）

➡ **往自己的方向送**

admit

【əd`mɪt】

動 承認、允許進入（入國、入會、入院）、有餘裕

admission 名 進入許可、承認

admittance 名 入場（許可）

He admitted that he had made a mistake.

他承認自己犯了錯。

per（通過）+ mit（送）

➡ **承認通過**

permit

動【pɚ`mɪt】 許可

名【pɚ:rmit】 許可（書）、執照

permission 名 許可、許可證

My parents permitted me to study abroad.

我的父母允許我去留學。

com（完全）+ mit（送）

➡ **完全委託**

commit

【kə`mɪt】

動 承諾、犯（錯）

committee 名 委員會

commitment 名 保證、奉獻、委託、犯罪

I have never committed any crime.

我從未犯罪。

dis（離開）+ miss（送）

➡ **使其離開**

dismiss

【dɪs`mɪs】

動 解雇、挪開、打發

dismissal 名 解雇、撤除、不考慮

The principal dismissed the student from school.

校長讓那位學生退學。

4-5 ply, ple, pli ＝ 填滿

supply

【sə`plaɪ】

sup（下）+ ply（填滿）

➡ 從下面開始填滿

動 供給、提供　名 供給、提供

The bank supplies customers with a wide range of services.
銀行**提供**客戶廣泛的服務。

The brain requires a constant supply of oxygen.
必須隨時**供應**大腦氧氣。

語源筆記

pel在印歐語中是「塡滿」的意思，而從拉丁文演化而來的英文後變成ple、pli、ply，更進一步變化爲fel，以及現在經常使用的fill（塡滿）、full（充足、充滿）。

sur（超過）+ plus（填滿）

➡ **超過填滿的狀態**

surplus

【ˋsɝpləs】

名 剩餘、盈餘

The trade surplus has been rising lately.

近年來貿易**順差**逐漸擴大。

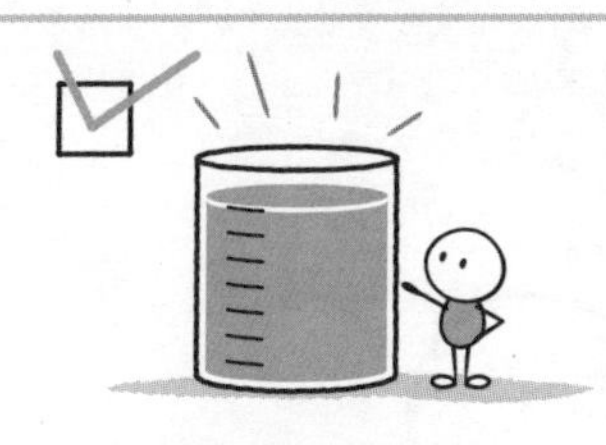

com（完全）+ ple（填滿）

➡ **確實填滿**

complete

【kəmˋplit】

形 完全的

動 使其完整、完全

This building took three years to complete.

這棟建築物耗時3年才**完工**。

ful（填滿）+ fill（填滿）

➡ **填滿**

fulfill

【fʊlˋfɪl】

動 實現、達到（目的）

He fulfilled his ambition to be a famous musician.

他**達成**夢想成為知名音樂家。

com（共同）+ pli（填滿）

+ ment（名詞化）

➡ **彼此互相滿足的狀態**

compliment

【ˋkampləmənt】

名 恭維的話、讚美的話

動 誇獎、祝賀、讚美

Thank you for your compliment.

謝謝你的**讚美**。

4-6　pend, pense＝懸掛、測量

suspend

【 səˋspɛnd 】

sus（下）+ pend（懸掛）

➡ 懸掛

動 懸掛、暫時停止（中斷）、停職、保留

關聯字彙 ➡ suspense 名 掛念、焦慮、擔心

The soccer game was suspended because of a thunderstorm.

足球比賽因雷雨**中斷**。

Don't keep me in suspense.

不要**讓我擔心**。

語源筆記

「pendant」是垂掛的意思。pens和pend來自相同語源，都有「秤重後付錢」的含意，expensive是「ex（超過）＋pens（支付）＋ive（形容詞化）」，所以是「昂貴的」的意思。

de（下）+ pend（懸掛）

➡ **借助**

depend

【dɪˋpɛnd】

[動] 借助、取決於

dependent [形] 借助

dependence [名] 借助、依賴

You can depend on me.

你可以**依靠**我。

in（不是）+ pend（懸掛）
+ ent（形容詞化）

➡ **沒有掛到**

independent

【ˌɪndɪˋpɛndənt】

[形] 獨立的、自治的

independence [名] 獨立、自主

He is totally independent of his parents.

他完全不依靠父母，**獨立自主**。

dis（離開）+ pense（懸掛）

➡ **以天平懸掛**

dispense

【dɪˋspɛns】

[動] 分配、供應

This vending machine dispenses hot coffee.

這台販賣機有**供應**熱咖啡。

com（共同）+ pens（懸掛）
+ ate（動詞化）

➡ **掛同等重的東西**

compensate

【ˋkɑmpənˌset】

[動] 補償、賠償

compensation [名] 補償（金）

You can't compensate for lack of experience.

你無法**彌補**經驗不足之處。

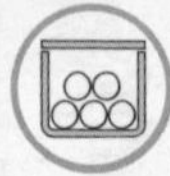

4-7 tain ＝保持

sustain

【sə`sten】

sus（下）**+ tain**（保持）

➡ 在下面支撐

動 承擔、維持、支持、遭受

關聯字彙 ➡ **sustenance** 名 食物、生計（手段）、維持生活

The company sustained losses of millions of dollars.
這家公司**蒙受**數百萬美元的損失。

It seems difficult to sustain current economic growth.
現今很難繼續**維持**經濟成長。

語源筆記

tain與34頁所提，具有「伸展」「朝向」意思的tend、tens相同語源，是表示「伸展」「保持」的字根。「tennis」的由來是發球時對方tenez（接住）。

ob（朝向～）+ tain（保持）

➡ **拉近**

obtain

【əb`ten】

動 得到、達成

He tried to obtain a false passport.

他設法**取得**偽造的護照。

main（用手）+ tain（保持）

➡ **用手拿著**

maintain

【men`ten】

動 維持、主張

It's expensive to maintain this house.

維持這個家所費不貲。

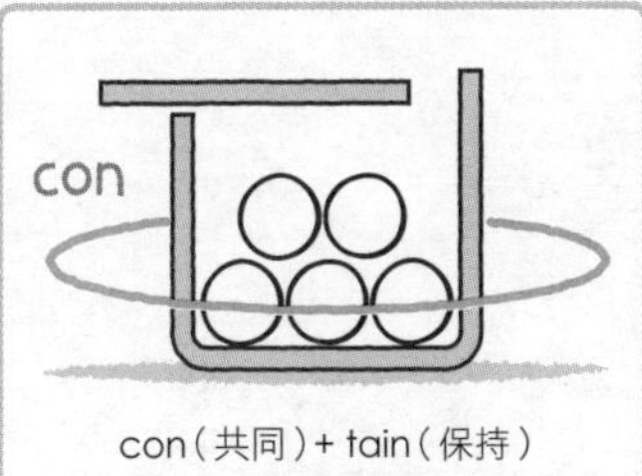

con（共同）+ tain（保持）

➡ **一起放進去**

contain

【kən`ten】

動 包含、容納

A cup of black coffee contains no calories.

黑咖啡不**含**卡路里。

enter（之間）+ tain（保持）

➡ **保留時間款待**

entertain

【ˌɛntɚ`ten】

動 使快樂、招待

entertainment 名 娛樂、宴會

They were entertained by top singers.

他們受到一流歌手**招待**。

Chapter 5

sur-, super-

(在～之上、超越)

sur-, super-

（在～之上、超越）

字首sur和super都是由印歐語中帶有「上面的」「在～之上」的uper衍生而來。

sirloin
【 `sɝlɔɪn 】

sir(= sur)（上面）**+ loin**（腰）
➡ 腰上
名 沙朗肉、腰肉

語源筆記

坊間流傳沙朗牛排（sirloin steak）名稱的由來，是因爲肉質高級到有「Sir」的尊稱，不過正確的源由是指牛上腰部的優質肉品。

---

supermarket
【 `supɚ,markɪt 】

super（超越）**+ market**（市場）
➡ 超越市場
名 超級市場

語源筆記

supermarket是指遠遠超過一般市集的市場。「market」原義是來自於交易物品（mark）的小地方（et）。

surname
【ˋsɝˏnem】

sur(在～之上)+ **name**(名字)
➡ 在名字上面的東西
名 姓氏

surface
【ˋsɝfɪs】

sur(在～之上)+ **face**(臉)
➡ 在臉上面
名 表面

surcharge
【ˋsɝˏtʃardʒ】

sur(超越)+ **charge**(費用)
➡ 超過的費用
名 額外費用、超載
動 收取附加費用、負擔過重

surmount
【sɚˋmaʊnt】

sur(超越)+ **mount**(山)
➡ 翻山越嶺
動 戰勝、克服、登上

superior
【səˋpɪrɪɚ】

super(超越)+ **ior**(比～)
➡ 更加超越
形 優越的、勝出的

supernatural
【supɚˋnætʃərəl】

super(超越)+ **natural**(自然的)
➡ 超越自然
形 超自然的

5-1 vey, view ＝看

survey

sur（在～之上）+ **vey**（看）

➡ 從上面看

動【 sə`ve 】調查、俯瞰　名【 `sɝve 】調查、察看

They surveyed the damage after the typhoon.
他們在颱風後**調查**損害。

The survey was carried out by Taipei University.
此**調查**由台北大學進行。

語源筆記

海景（ocean view）飯店顧名思義，就是可以看見海景的飯店。view是來自拉丁文「看（videre）」。「interview」是由「互相（inter）＋看（view）」所組成，是「會面」「面試」的意思。

en（中間）+ vy（看見）

➡ **看到人的內心**

envy

【ˋɛnvɪ】

動 羨慕、嫉妒

名 嫉妒

envious 形 羨慕的、嫉妒的

I envy you.

我羨慕你。

pre（之前）+ view（看見）

➡ **事前看**

preview

【ˋpriˏvju】

名（電影）試映會、預展、預告

動 看試映會

There was a special movie preview last night.

昨晚有特別試映會。

re（再次）+ view（看）

➡ **再看一次**

review

【rɪˋvju】

名 審查、評論

動 複審、批評

His book reviews are always strict.

他的書評都相當嚴苛。

pur（前）+ view（看）

➡ **看前面**

purview

【ˋpɝvju】

名 權限、範圍

His question was beyond my purview.

他的問題已經超過我的權限。

5-2 vive ＝存活

survive

【sɚ`vaɪv】

sur（超越）+ vive（存活）

➡ 克服困難活下去

動 活得長、倖存

關聯字彙 ➡ **survival** 名 倖存、倖存者

Very few passengers survived the accident.
那個事故中幾乎沒有乘客**倖存**。

She survived her husband by over ten years.
她比丈夫**多活**10年以上。

語源筆記

拉丁文的vita是「生命」的意思，「vitamin（維生素）」是「vita（生命）＋amino（胺基酸）」，是指形成所有生命基本的元素胺基酸。希臘文表示「生存」的字根是bio，如「生物學」的biology、「生物工程」的biotechnology、「生物化學」的biochemistry。

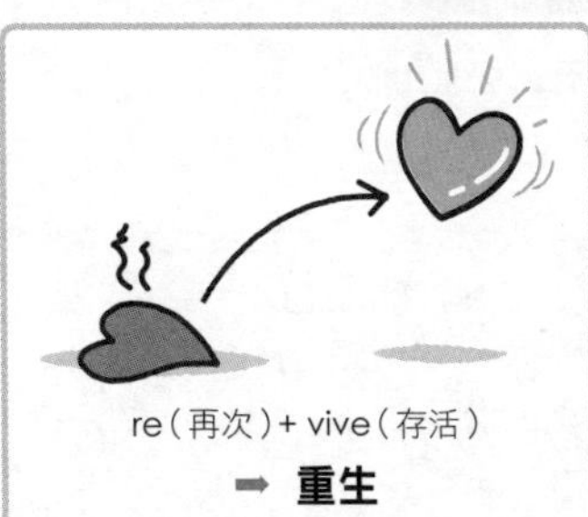
re（再次）+ vive（存活）
➡ **重生**

revive

【rɪˋvaɪv】

動 甦醒、復活

revival 名 復活、復興

Freer markets revived the region's economy.

自由市場讓該區域的經濟**復甦**。

viv（存活）+ id（形容詞化）
➡ **生動**

vivid

【ˋvɪvɪd】

形 生動的、栩栩如生的

vividly 副 鮮明地、逼真地

I can vividly remember the day I first met her.

與她第一次見面的那一天我仍記憶**猶新**。

vigor（活力）+ ous（形容詞化）
➡ **活力充沛**

vigorous

【ˋvɪgərəs】

形 精力旺盛、激烈的

His father seems as vigorous as a youth of 20.

他父親看起來跟20歲的年輕人一樣**精力充沛**。

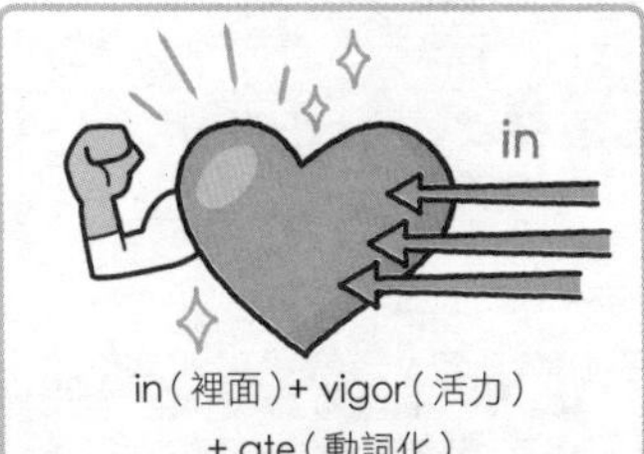

in（裡面）+ vigor（活力）
+ ate（動詞化）
➡ **變得有活力**

invigorate

【ɪnˋvɪgəˏret】

動 使精力充沛、使健壯、鼓舞

The important thing is to invigorate the economy.

重要的是，要**活絡**經濟。

5-3 pass, pace ＝走、通過

surpass

【 sə`pæs 】

sur（在～之上）**+ pass**（通過）

➡ 從上面走

動 **超越、凌駕、優於**

The result surpassed all our expectations.
結果**超乎**我們的想像。

The beauty of the sunrise surpassed description.
日出之美**難以**言喻。

語源筆記

「護照（passport）」的由來，是過去船運爲出國的唯一方法時，作爲「通過（pass）」外國的「港口（port）」所必要的物品。

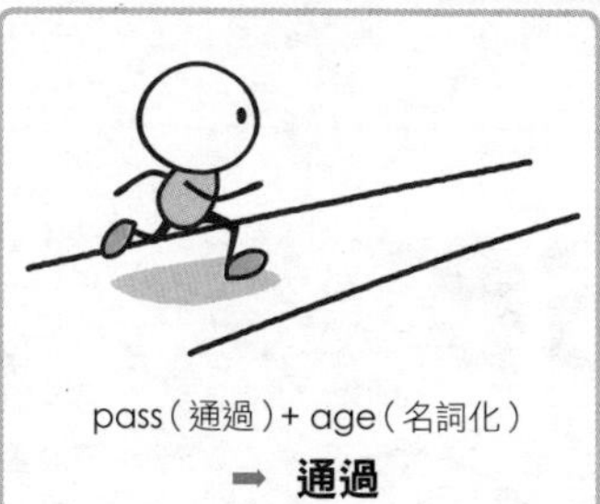

pass（通過）+ age（名詞化）

➡ **通過**

passage

【ˋpæsɪdʒ】

名 通道、通行、段落、航行

You have to learn this passage by heart by tomorrow.

明天以前一定要把這個段落背起來。

passage（移動）+ er（人）

➡ **移動的人**

passenger

【ˋpæsndʒɚ】

名 乘客、旅客

Ten passengers were killed in the accident.

事故造成10位乘客死亡。

pass（通過）+ time（時間）

➡ **時間經過**

pastime

【ˋpæsˌtaɪm】

名 娛樂、消遣

My favorite pastime is golf.

我最喜歡的消遣是打高爾夫球。

pass（通過）+ er（人）+ by（旁邊）

➡ **經過旁邊的人**

passer-by

【ˋpæsɚˋbaɪ】

名 行人、過客

The robbery was witnessed by several passers-by.

有數個行人目擊搶劫事件。

5-4 vise ＝見

supervise

【`supə-vaɪz】

super（在～之上）+ vise（看）

➡ 從上面看

動 監督、管理、指導

關聯字彙 ➡ supervision 名 監督、管理、指導

She supervised all the assistant English teachers in this city.
她**負責指導**本市的英文代課老師。

He was placed under a two-year supervision order.
他被下令**保護管束**2年。

語源筆記

由拉丁文「看」的字根videre所衍生的vey、view在116頁已經做過介紹，還有一個是vise。「電視（television）」是表示「遠處的（tele）物品被看見（vision）」，「拜訪（visit）」則有「看（vis）去（it）」之意。

ad（朝向～）+ vise（看）

➡ **站在對方的立場看**

advise

【əd`vaɪz】

動 勸告、忠告

advice 名 忠告

I advise you to think more carefully.

我勸告他要多考慮。

re（再次）+ vise（看）

➡ **修正**

revise

【rɪ`vaɪz】

動 修訂、修改

revision 名 修訂（版）

This discovery made them revise their old ideas.

此一發現讓他們修訂以往的想法。

im（不是）+ pro（前面）+ vise（看）

➡ **事前沒有看**

improvise

【`ɪmprəvaɪz】

動 即興創作、即興表演

improvisation 名 即興而作、即席演奏

She improvised on the piano.

她即興彈奏鋼琴。

vis（看）+ ible（可以～）

➡ **可以看見**

visible

【`vɪzəbḷ】

形（眼睛）看得見的、清晰的

visibility 名 視程、能見度

invisible 形 看不見的、無形的

The stars were barely visible that night.

那天晚上幾乎沒有看到星星。

5-5 flu ＝流

superfluous

【 sʊˋpɝfluəs 】

super（超越）+ flu（流）+ ous（形容詞化）

➡ 超過而流出

形 過多的、多餘的、沒必要的

She worked so well by herself that my help was superfluous.
她一個人就可以做得很好，我的幫助是**多餘的**。

The office building has no superfluous decoration.
那間公司大樓沒有**過多的**裝飾。

語源筆記

有相同字根的「流行性感冒（influenza）」一字是來自於義大利的迷信，當時的人認爲感冒的原因是受到天體的影響（influence）。

in（裡面）+ flu（流）+ ence（名詞化）

➡ **流入體內的東西**

influence

【`ɪnflʊəns】

名 影響（力）、權勢

動 影響所及、左右

influential 形 有影響力的

He stressed the influence of television on children.

他強調電視對孩子的**影響**。

a(f)（朝向～）+ flu（流）+ ent（形容詞化）

➡ **流動的方向**

affluent

【`æflʊənt】

形 富裕的、富足的

Many affluent people live in this area.

很多**富裕的**人住在這一帶。

flu（流）+ id（狀態）

➡ **流動的狀態**

fluid

【`fluɪd】

名 液體、流體

形 流動的、容易改變的

Our plans for the project are still fluid.

我們的計畫仍然**可以更動**。

fluct(= flunet)+ ate（動詞化）

➡ **流動**

fluctuate

【`flʌktʃʊˏet】

動 變動、動搖

fluctuation 名 變動、不安定

Vegetable prices fluctuate according to the season.

蔬菜的價格會隨著季節**變動**。

Chapter 6

ex-

（向外）

ex-

（向外）

字首ex是源於有「向外」意思的希臘文，如果用於b, d, g, i, l, m, n, v之前，則x要去掉。

explain
【ɪk`splen】

ex（向外）+ **plain**（明顯）
➡（排除疑問）弄明白
動 說明、解釋

語源筆記

plain有「明白」「樸素」的意思，源於印歐語「平坦（pele）」，作爲名詞是「平原」的意思。

---

excel
【ɪk`sɛl】

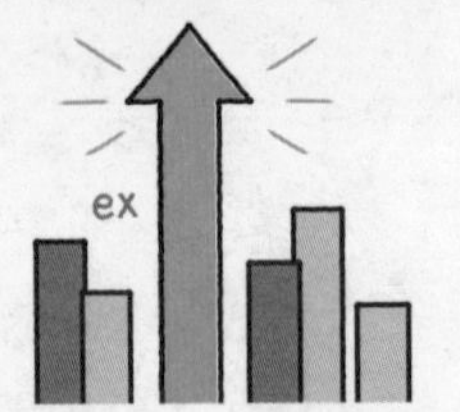

ex（向外）+ **cel**（聳立）➡ 聳立
動 突出、勝出

語源筆記

字根cel在拉丁文是「聳立」的意思，與「山丘（hill）」來自相同語源。「突出」「優秀」是excellent。

example
【ɪg`zæmpḷ】

ex（向外）+ **ample**（取）
➡ 被取出的物品
名 例子、範本

exalt
【ɪg`zɔlt】

ex（向外）+ **alt**（高）
➡ 抬高
動 提高、晉升、讚揚

exchange
【ɪks`tʃendʒ】

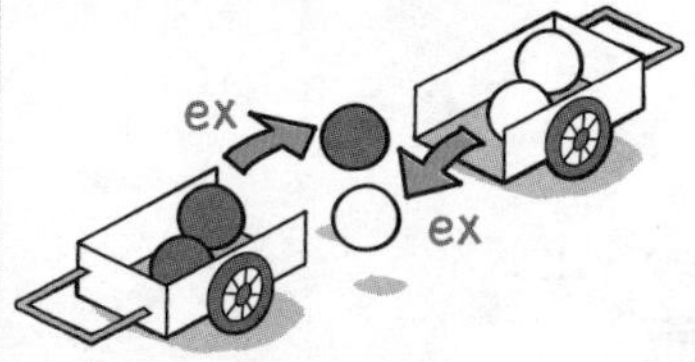

ex（向外）+ **change**（交換）
➡ 放手交換
動 交換　名 交換、交易

exhale
【ɛks`hel】

ex（向外）+ **hale**（氣息）
➡ 吐氣
動 呼氣、散發

exotic
【ɛg`zatɪk】

ex（向外）+ **tic**（形容詞化）
➡ 外面的
形 異國風的

explode
【ɪk`splod】

ex（向外）+ **plode**（拍手）
➡ 拍手把別人趕出去
動 使爆炸、使爆破

6-1 ceed, cede, cess＝走

exceed

【ɪk`sid】

ex（向外）+ ceed（走）

➡ 走到外面

動 超越、超出

關聯字彙 ➡ excess 名 超過、過量

excessive 形 過度的、極端的

Construction costs for the bridge could exceed $230 million.
這座橋造價**超過**2億3千萬美元。

Drinking is OK as long as you don't do it to excess.
只要不**過量**，喝酒便無害。

語源筆記

具有「走」之意的ceed，還有變化形cede和cess。例如「access」是「ac（朝向～）+cess（走）」表示「接近（某地或某人）的方法」，「process」則是「pro（前面）+cess（走）」表示「步驟」或「過程」。

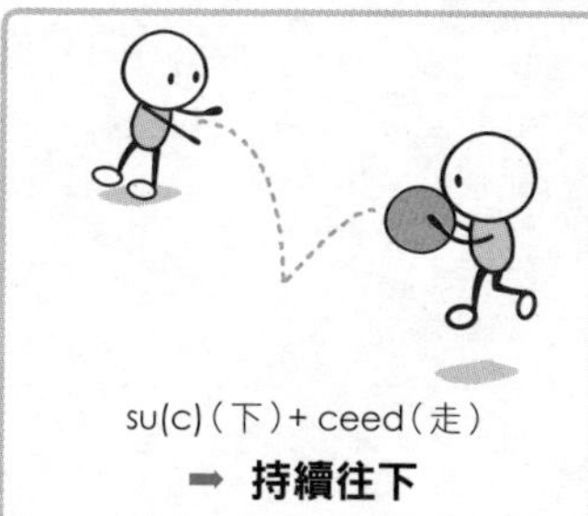

succeed

【sək`sid】

動 繼承、成功

success 名 成功

successful 形 順利的、成功的

successive 形 連續的、後繼的

Who will succeed to the throne?

誰會繼承王位?

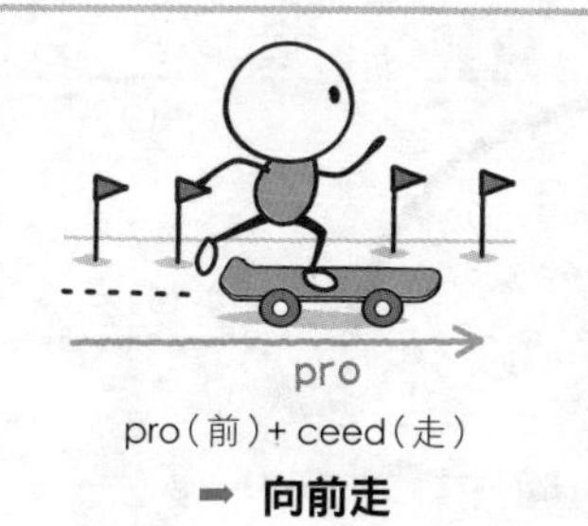

proceed

【prə`sid】

動 前進、持續進行

procedure 名 步驟、手續

Contract negotiations are proceeding smoothly.

合約交涉進行順利。

concede

【kən`sid】

動 退讓、承認

He conceded that he had made a number of errors.

他承認有幾個地方出錯。

recession

【rɪ`sɛʃən】

名 衰退、不景氣

recess 名 休息時間、休會期、凹處

The economy is in recession.

經濟處於衰退期。

6-2 sist＝站立

exist

【ɪg`zɪst】

ex（外）+ ist（站立）

➡ 站在外面

動 存在、生存

關聯字彙 ➡ existence 名 存在、生存

He believes that God doesn't exist.
他相信神並不**存在**。

Do you believe in the existence of ghosts?
你相信有鬼的**存在**嗎？

語源筆記

「助理（assistant）」是「a（s）（朝向～）＋sist（站立）＋ant（人）」組成，意思是某個人站在旁邊幫助另一個人工作。

in（上面）+ sist（站立）

➡ **堅持站在上面**

insist

【ɪn`sɪst】

動 主張、堅持

insistent 形 堅硬的、強硬的

He insisted that I go to the meeting.

他**堅持**我要出席會議。

re（後面）+ sist（站立）

➡ **站在後面**

resist

【rɪ`zɪst】

動 抵抗、忍耐

resistance 名 抵抗力、阻力、反對

I just can't resist chocolate.

對於巧克力我無法**抵抗**。

→我很愛巧克力。

per（通過）+ sist（站立）

➡ **持續站立**

persist

【pɚ`sɪst】

動 固執、持續、堅持

persistent 形 執著的、固執的、持續的

He persisted in smoking even after the operation.

他手術後還是**持續**抽菸。

sub（下面）+ sist（站立）

➡ **活在低水準下**

subsist

【səb`sɪst】

動 維持生計、勉強餬口

subsistence 名 生計、食糧、活命

They had to subsist on bread and water.

他們必須以水和麵包**維生**。

6-3 patri＝父親

expatriate

ex（外面）**+ patri**（父親、祖國）**+ ate**（動詞化）

➡ 到祖國的外面

動【ɛksˋpetrɪˏet】**驅逐出境、放逐**

名【ɛksˈpetrɪt】**被逐出國境的人**　形【ɛksˈpetrɪɪt】**移居國外的**

The communists were expatriated from the country.
共產主義者們被**驅逐出境**。

The number of expatriate Japanese has been on the increase.
旅居海外的日本人增加中。

語源筆記

美國守護祖國的戰鬥機被命名爲「愛國者（Patriot）」。Patriot原本的意思是「熱愛祖國者」，「patron」是如父親一般的保護者。pattern也來自相同語源，如父親般模範存在，所以引申爲「模範」「典型」的意思。

patri（父親）+ ot（人）+ ic（形容詞化）

➡ **愛祖國**

patriotic

【ˌpetrɪˋatɪk】

形 愛國的

patriot 名 愛國者

He is very patriotic.

他非常愛國。

con

com（共同）+ patri（父親）+ ot（人）

➡ **一起愛護祖國的人**

compatriot

【kəmˋpetrɪət】

名 同國人、同胞、同僚

She played against one of her compatriots.

她和同胞起衝突。

pater（父親）+ al（形容詞化）

➡ **父親的**

paternal

【pəˋtɝnl̩】

形 父親的、父親系的

paternity 名 父權、父性

He neglects his paternal duty.

他沒有盡到父親的義務。

patron（父親）+ ize（做～）

➡ **成為父親**

patronize

【ˋpetrənˌaɪz】

動 保護、光顧、支援

This restaurant is patronized by locals.

當地人經常光顧這家餐廳。

6-4 va(c), void ＝空

evacuate

【ɪˋvækjʊˏet】

e（外面）+ vac（空）+ ate（動詞化）→ 變空
➡ 到外面

動 **避難、疏散、撤離**

關聯字彙 ➡ **evacuation** 名 疏散、騰出、撤退、排泄

All villagers were ordered to evacuate.
全體村民受命前往**避難**。

Police ordered the evacuation of the building.
警察命令這棟建築物必須**淨空**。

語源筆記

「vacuum」是眞空，「vacation」與法文vacances來自同樣語源，原意就是「什麼都不做，一動也不動」。

vac（空）+ ant（形容詞化）

➡ **空的**

vacant

【`vekənt】

形 空的、空缺的

vacancy 名 空位、空房

Half of the apartments in the building are vacant.

這棟大樓的公寓套房有一半都是空的。

➡ **沒有任何遮蔽物**

vast

【væst】

形 巨大的、廣大的

He owns a vast piece of land in the suburbs of Taoyuan.

他在桃園近郊持有廣大的土地。

de（完全的）+ vast（什麼都沒有）

\+ ate（做～）

➡ **完全什麼都沒有的狀態**

devastate

【`dɛvəs͵tet】

動 荒廢、摧毀

devastating 形 毀滅性的、衝擊性的

The country has been devastated by floods.

這個國家因為洪水而荒廢了。

a（朝向～）+ void（空）

➡ **往什麼都沒有的方向去**

avoid

【ə`vɔɪd】

動 避開、避免

avoidance 名 迴避、逃避

Civilian casualties must be avoided at all costs.

一定要避免犧牲一般民眾。

6-5 man(i), manu ＝手

emancipate

【ɪˋmænsəˏpet】

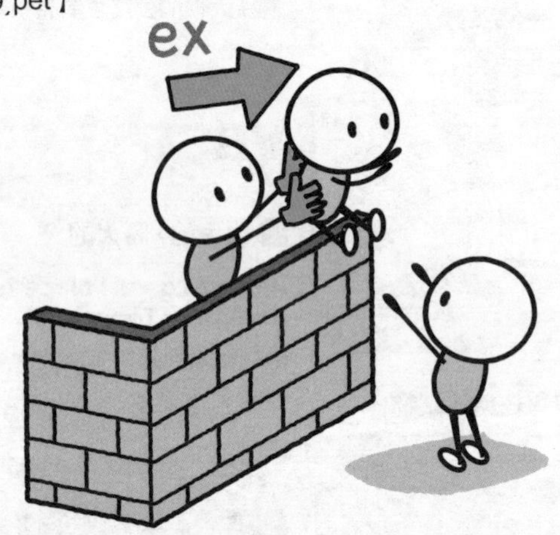

e（向外）+ man（手）+ cip（抓）+ ate（做～）

➡ 用手抓住拿到外面

動 解放、釋放

關聯字彙 ➡ emancipation 名 解放

Slaves were not emancipated until 1863 in the United States.

美國於1863年**解放**黑奴。

In the 1960s, they carried out a campaign for the emancipation of women.

1960年代盛行女性**解放**運動。

語源筆記

相對於自動駕駛車，手動駕駛車稱爲「manual」。另外，「餐桌禮儀（table manners）」的「manner」，原本的意思是「手法」，而修護手部或指甲就是「manicure修指甲」。

mani（手）+ pul(e)（重複）+ ate（做）

➡ **手不斷重複**

manipulate

【mə`nɪpjəˌlet】

動 操控、造假

manipulation 名 操縱、操作市場

He manipulated the price of a stock.

他操作股價。

manu（手）+ script（寫）

➡ **用手寫東西**

manuscript

【`mænjəˌskrɪpt】

名 原稿

I have one of his novels in manuscript.

我有一份他的小說原稿。

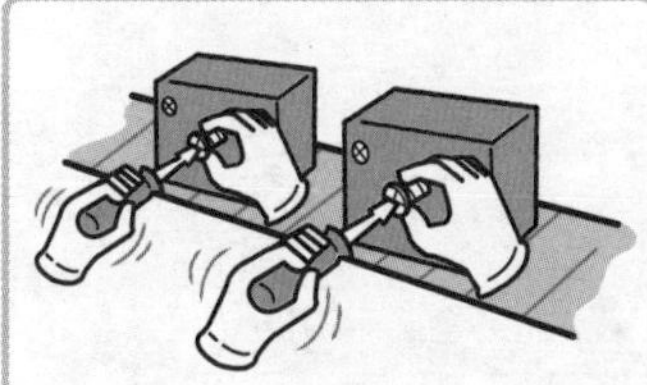

manu（手）+ fact（做）+ ure（名詞化）

➡ **用手製作物品**

manufacture

【ˌmænjə`fæktʃɚ】

名 製造、生產

動 製造、捏造

manufacturer 名 製造業、生產者

The car was manufactured in Germany.

這輛汽車由德國製造。

➡ **用手移動棋子**

manage

【`mænɪdʒ】

動 經營、設法完成、管理

management 名 經營、管理

manager 名 經營者、管理者

I managed to persuade him.

我總算說服他了。

Chapter 7

pro-, pre-, for-

（之前、前面）

pro-, pre-, for-

（之前、前面）

字首pre、pro是源於拉丁文「之前」之意，有for(e)或per等各種變化型。per是「通過」「完全」的意思。

professional
【prə`fɛʃənḷ】

pro（之前）**+ fess**（敘述）**+ ion**（名詞化）**+ al**（形容詞化）

➡ 弄明白

形 專業的、職業的　名 專業、專門人員

語源筆記

「大學教授（professor）」原意是「在學生面前（pro）＋講述（fess）＋人（or）」。profession表示「教授」「醫師」「律師」等「專業人士」。

---

present
【`prɛznt】

語源筆記

向聽眾說明企畫或是提案的「簡報（presentation）」是「pre（前面）＋sent（有）＋ation（名詞化）」組成，所以代表「把東西拿到聽眾前面」的意思。

pre（前面）**+ sent**（有）➡ 把東西送到對方面前

名 禮物　形 出席的　動【prɪ`zɛnt】贈送、提交

preface
【ˋprɛfɪs】

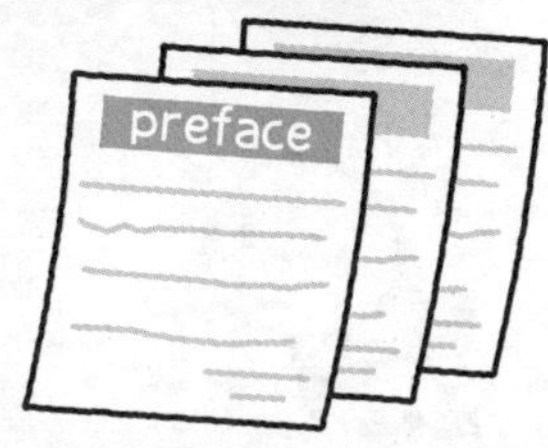

pre（之前）+ **face**（敘述）
➡ 最初的敘述
名 序文

prefix
【priˋfɪks】

per（前面）+ **fix**（連結）
➡ 接在前面
名 字首

premise
【prɪˋmaɪz】

pre（之前）+ **mise**（送）
➡ 事前送去
名 前提、假定

protect
【prəˋtɛkt】

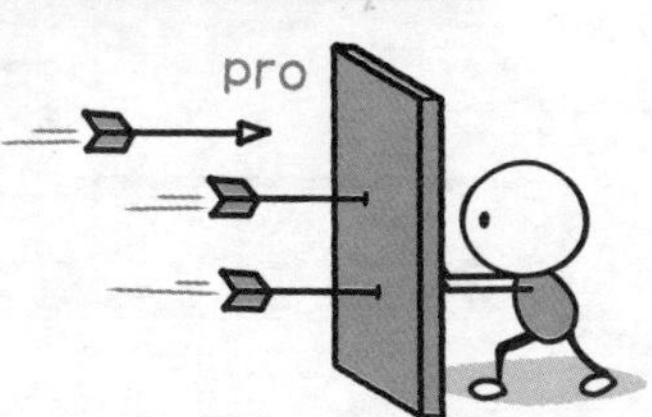

pro（前面）+ **tect**（覆蓋）
➡ 在前面蓋住
動 保護、防護

forehead
【ˋfɔrˌhɛd】

fore（前面）+ **head**（頭）
➡ 頭前面的部分
名 額頭

foresee
【forˋsi】

fore（之前）+ **see**（看）
➡ 事前看
動 預見、預知

7-1 mo(t), mo(v) ＝移動

promote

【prə`mot】

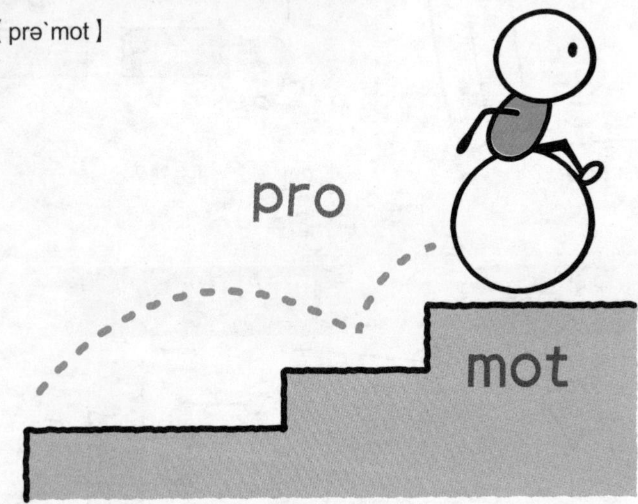

pro（前面）**+ mote**（移動）

➡ 往前移動

動 **促進、晉升**

關聯字彙 ➡ **promotion** 名 晉升、晉級、推廣

She was promoted to sales manager.
她晉升為銷售經理。

She got a promotion last year.
她去年晉升了。

語源筆記

「動力」是motor，「電影」是movie，「快動作」是quick motion，其中mov和mot都有「移動」的意思。

e(向外)+motion(動作)

➡ **拿到身體外面**

emotion

【ɪˋmoʃən】

名 感情、情緒

emotional 形 情感的、情緒的

She always tries to hide her emotions.

她總是試圖掩飾自己的**感情**。

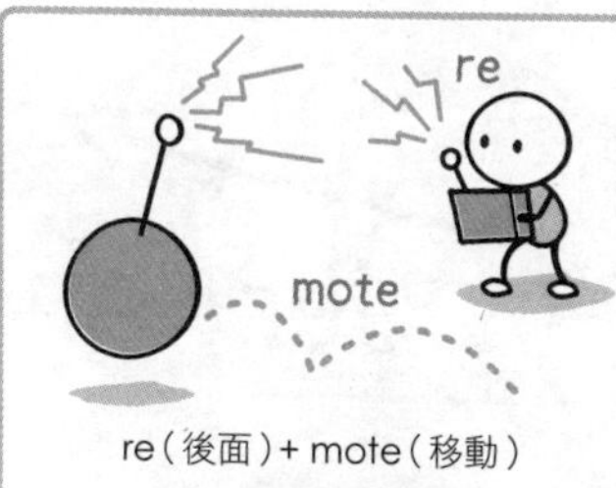

re(後面)+mote(移動)

➡ **往後面移動**

remote

【rɪˋmot】

形 遙遠的、偏僻的

The model plane is operated by remote control.

這架飛機可以利用**遙控**操縱

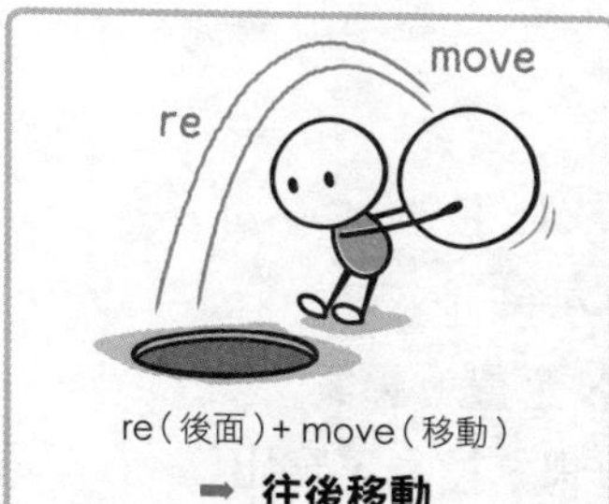

re(後面)+move(移動)

➡ **往後移動**

remove

【rɪˋmuv】

動 拿開、移開、調動

removal 名 除去、開除

Please remove your shoes.

請**脫**鞋。

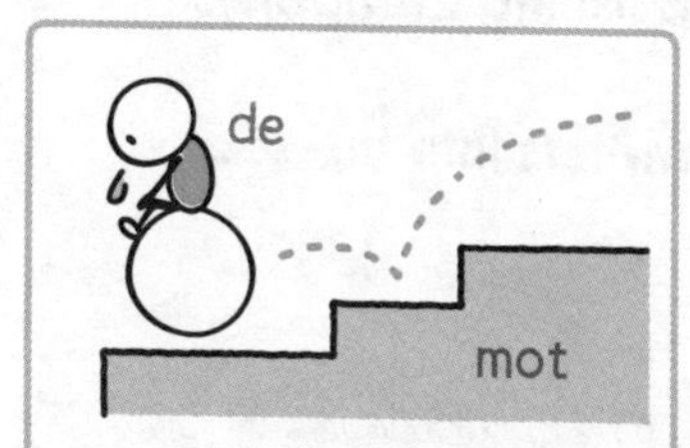

---

de(下面)+mote(移動)

➡ **移動到遠處**

demote

【dɪˋmot】

動 使降級

demotion 名 降級、降職

The team was demoted to the J2 league last year.

那支球隊去年被**降級**到日本足球乙級聯賽。

7-2 ject, jet＝投

project

pro（前面）+ ject（投）

➡ 丟到大家前面

名【ˋpradʒɛkt】計畫、企畫、專案

動【prəˋdʒɛkt】計畫、預測、投影、突出

He set up a project to build a fishing company.
他**計畫**成立漁產公司。

The pier projects about 400 meters into the sea.
棧道**突出**於大海約400公尺。

語源筆記

如同「投影機（projector）」，ject有「投」的意思。排放大量氣體飛向天空的「噴射機（jet plane）」也是來自相同語源。

re（後面）+ ject（投）

➡ **送出去的東西被往後丟**

reject

【rɪ`dʒɛkt】

動 拒絕、丟棄

rejection 名 拒絕、剔除

He rejected my suggestion.

他拒絕了我的建議。

ob（對面）+ ject（投）

➡ **扔**

object

動【əb`dʒɛkt】反對

名【`abdʒɪkt】目標、對象

objection 名 反對、異議

objective 形 客觀的　名 目標

The city mayor objected to the building of the new airport.

市長反對建設新機場。

sub（下面）+ ject（投）

➡ **往下丟**

subject

【`sʌbdʒɪkt】

形 服從、容易接受～

動【səb`dʒɛkt】使臣服

名 學科、主題

We are subject to the laws of our country.

我們必須服從國家的法律。

in（裡面）+ ject（投）

➡ **丟進裡面**

inject

【ɪn`dʒɛkt】

動 注射、注入、投入

injection 名 注射、注入、投入

He had to inject himself with insulin.

他必須自行注射胰島素。

7-3 spect＝看

prospect

【`prɑspɛkt】

pro（向前）+ spect（看）

➡ 看見未來

名 前景、盼望、可能性、景觀

關聯字彙 ➡ prospective 形 有前景、將來會成為～

Long-term prospects for the economy have improved.
以長期來看，經濟將會好轉。

My mother considers Alice to be my prospective wife.
媽媽認為艾莉絲將來會成為我的妻子。

語源筆記

間諜（spy）原意是「偷窺」。近來的流行名詞「復古風（retro）」，是從retrospect衍生而來，原意是「retro（後面）＋spect（看）」而有「回憶」或「回想」之意。spectacle則是由「表演節目」轉化爲「情景」之意。

in（裡面）+ spect（看）

➡ **看裡面**

inspect

【ɪn`spɛkt】

動 檢查、審視

inspector 名 督察員、檢查員

Automakers inspect their cars.

汽車製造商**檢查**自家的車子。

re（往後）+ spect（看）

➡ **回頭看**

respect

【rɪ`spɛkt】

動 尊敬、敬重　名 尊敬、方面、問候

respectful 形 畢恭畢敬的

respective 形 各自的

respectable 形 體面的

He is respected by every student in his class.

他受到全體學生的**尊敬**。

sus（下面）+ spect（看）

➡ **不是從正面，而是從下往上看**

suspect

動【sə`spɛkt】懷疑、有嫌疑

名【`səspɛkt】嫌疑犯

suspicious 形 可疑的、多疑的

suspicion 名 懷疑、猜疑

She suspected that it was a wolf.

她**懷疑**那是一匹狼。

ex（向外）+ (s)pect（看）

➡ **看外面**

expect

【ɪk`spɛkt】

動 預期、認為、期待

expectancy 名 預期

expectation 名 期望、期待

It's expected to rain this evening.

今天傍晚**預期**會下雨。

7-4 long, ling ＝長

prolong

【prə`lɔŋ】

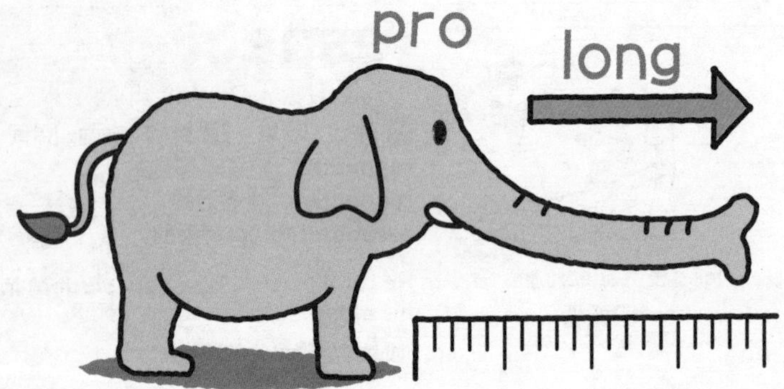

pro（前面）+ long（長）

➡ 向前延伸

動 延長、拖延

關聯字彙 ➡ prolonged 形 延長的、長期的、持久的

The operation prolonged her life by five years.
這個手術能讓她多（**延長**）活5年

Skin cancer is caused by prolonged exposure to the sun.
長時間曝曬陽光是皮膚癌的成因。

語源筆記

形容詞long具有「長」的意思，動詞型有對於在遠方無法取得的東西會「思念」之意。long的動名詞longing，意思是「憧憬」「渴望」。

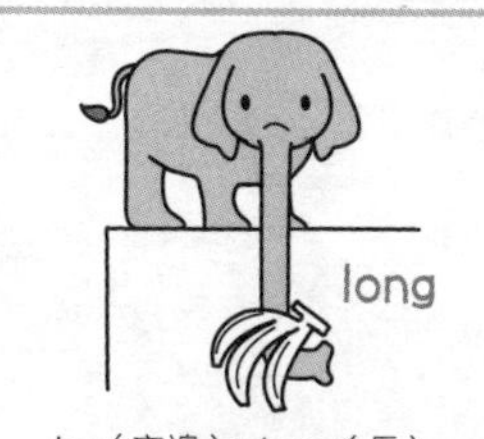

be（旁邊）+ long（長）

➡ **把手伸到旁邊**

belong

【bə`lɔŋ】

動 屬於、適宜

belongings 名 所有物、財產

This elephant belongs to Taipei Zoo.

這隻大象**屬於**台北動物園。

length（長度）+ en（使變～）

➡ **拉長**

lengthen

【`lɛŋθən】

動 延長、拉長

length 名 長度、全長

lengthy 形 冗長的、漫長的

Can you lengthen these trousers for me?

可以幫我把褲子**改(延)長**嗎?

ling（長）+ er（重複做）

➡ **使拉長**

linger

【`lɪŋgɚ】

動 停留、逗留、徘徊

Don't linger on after the party is over.

派對結束後請勿**逗留**。

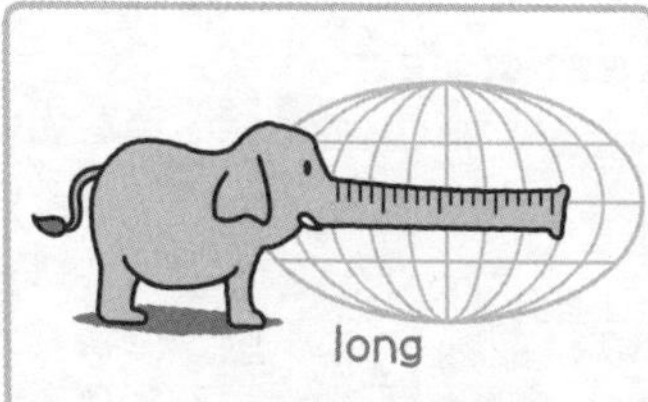

longi（長）+ tude（程度）

➡ **長的程度**

longitude

【`landʒə`tjud】

名 經度

What is the longitude of this place?

這裡的**經度**是幾度?

7-5 test ＝證詞

protest

pro（前面）+ **test**（證詞）

➡ 在人前說出證詞

動【prə`tɛst】抗議、反對、堅持

名【`protɛst】抗議、反意、抗議遊行

Many people protested about the new working hours.
很多人**反對**新的工時制度。

Five people died in violent street protests.
街頭**抗爭**爆發激烈衝突造成5人死亡。

語源筆記

「考試（test）」是由試金用的陶壺，轉化爲「測試」「調查」之意，但其實test原意是「作證」。「競爭（contest）」則是由裁判「共同（con）作證（test）」組合而成。

con（共同）+ test（作證）

➡ **互相作證**

contest

動【kən`tɛst】辯駁、駁斥

名【`kantɛst】競賽、爭論

The ruling party contested 200 seats in the election.

執政黨本次選舉要在議會**爭取**200席。

de（離開）+ test（作證）

➡ **作證使其到對面去**

detest

【dɪ`tɛst】

動 憎恨、厭惡

detestable 形 厭惡的

He detests black dogs.

他非常**討厭**黑狗。

test（作證）+ ify（成為）

➡ **作證**

testify

【`tɛstəˌfaɪ】

動 作證、證明

He agreed to testify at the trial.

他同意出庭**作證**。

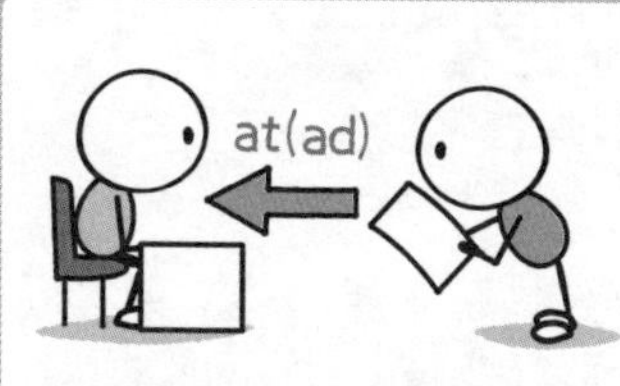

at（朝向～）+ test（作證）

➡ **證明～**

attest

【ə`tɛst】

動 作證、證明

I attest to the fact that this is my signature.

我**作證**這是我的親筆簽名。

7-6 duce, duct ＝引導

produce

【prə`djus】

pro（前面）**+ duce**（引導）

➡ 導引出

動 **生產、產出**

關聯字彙 ➡ **product** 名 產品、成果
production 名 生產、製作

The factory produces plastic goods.
這個工廠**生產**塑膠製品。

He's allergic to dairy products.
他對**乳製品**過敏。

語源筆記

管弦樂團的「指揮（conductor）」是「con（共同）＋duct（引導）＋or（人）」，也就是引導大家朝同一個方向走的「指揮者」，如果是用於交通工具，就是「車掌」的意思。將電影等作品於眾人「面前（pro）＋呈現（duce）」的「製作人」，就是producer。

re（向後）+ duce（引導）

➡ **復元**

reduce

【rɪˋdjus】

動 減少、改變

reduction 名 減少

The doctor advised me to reduce my salt intake.

醫生建議我**減少**鹽分攝取。

intro（裡面）+ duce（引導）

➡ **引導到裡面**

introduce

【ˌɪntrəˋdjus】

動 引進、介紹

introduction 名 引進、介紹

Let me introduce myself.

請容我自我**介紹**。

e（向外）+ duc（引導）+ ate（成為～）

➡ **引導出（內在的力量）**

educate

【ˋɛdʒəˌket】

動 教育

education 名 教育

She was educated in France.

她在法國受**教育**。

ab（從～離開）+ duct（引導）

➡ **拉開**

abduct

【æbˋdʌkt】

動 誘拐、綁架

abduction 名 誘拐、綁架

His daughter was abducted late last night.

他的女兒昨天深夜被**誘拐**。

7-7　gram, graph ＝寫

program

【ˋprogræm】

pro（之前）+ gram（寫）

➡ 事前寫下來

名 大綱、行程表、節目單　動 制定計畫、設計程式

What is on the program today?
今天有什麼**行程**？

I've programmed the VCR to record the 9 o'clock movie.
我已經**預設**9點錄電影。

語源筆記

寫著第一班電車到最後一班出發及抵達時間的時刻表diagram，原意是「穿越（dia）＋寫下來的東西（gram）」。此外，graph和gram同樣都有「寫」的意思。

tele（遠方的）+ gram（寫）

➡ **寫給遠方**

telegram

【`tɛlə͵græm】

名 電報

telegraph 名 電報 動 打電報

We sent a telegram of congratulations to her.

我們送了祝福的**電報**給她

photo（光）+ graph（寫）

➡ **用光寫下來的東西**

photograph

【`fotə͵græf】

名 照片

photographer 名 攝影師

photogenic 形 上鏡的

His photograph appeared on the front page of today's newspaper.

今天報紙頭版一整面都是他的**照片**。

auto（自己的）+ graph（寫）

➡ **自己寫的東西**

autograph

【`ɔtə͵græf】

名 親筆簽名、（名人的）簽名

May I have your autograph?

請問可以幫我**簽名**嗎？

geo（土）+ graphy（書寫）

➡ **書寫有關土地的事情**

geography

【`dʒɪ`agrəfɪ】

名 地理學

geographic 形 地理學的

She majored in geography in college.

她在大學主修**地理**。

7-8 、hibit＝放置、持有

prohibit

【 prə`hɪbɪt 】

pro（前面）+ hibit（放置、持有）

➡ 放在前面阻擋

動 禁止、阻擋

關聯字彙 ➡ **prohibition** 名 禁止、禁令

Fishing is prohibited in this lake.
這座湖禁止釣魚。

The group is pushing for a prohibition on cigarette advertising.
該團體推行禁止香菸廣告。

語源筆記

基本動詞have的hav與habit的hab爲相同語源，具有「持有」「保持」的意思。habit則由「保有所學到的東西」轉化爲個人的「習慣」之意。

ex（向外）+ hibit（持有）

➡ **拿出去**

exhibit

【ɪgˋzɪbɪt】

動 展示、展出

名 展示品

exhibition 名 展示會、展覽會

Her paintings are being exhibited in the gallery.

她的畫在美術館**展覽**中。

hab（持有）+ it（小東西）

➡ **學到的東西**

habit

【ˋhæbɪt】

名 習慣

habitual 形 習慣的、通常的

habituate 動 養成習慣

He has a habit of taking a nap after lunch.

他**習慣**吃完午餐小睡一下。

in（裡面）+ habit（持有）

➡ **保全自己**

inhabit

【ɪnˋhæbɪt】

動 居住、住宿

inhabitant 名 住民、棲息的動物

Many Native Americans inhabit reservations.

很多美國原住民**住在**保留地。

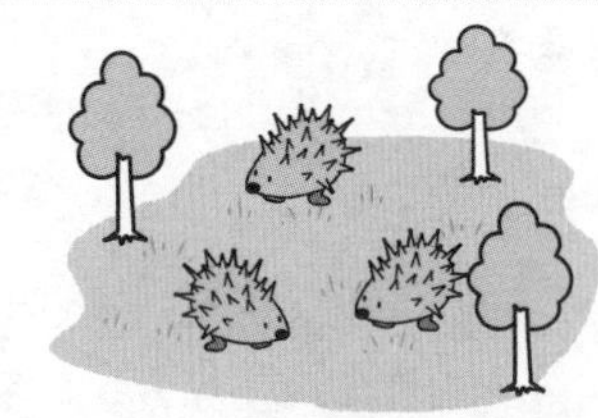

➡ **inhabit（居住、住宿）**

habitat

【ˋhæbəˏtæt】

名 棲息地

The owls' natural habitat is in the forests of the Northwest.

貓頭鷹的自然**棲息地**在西北部的森林。

7-9 fer＝運送

prefer

【prɪˋfɝ】

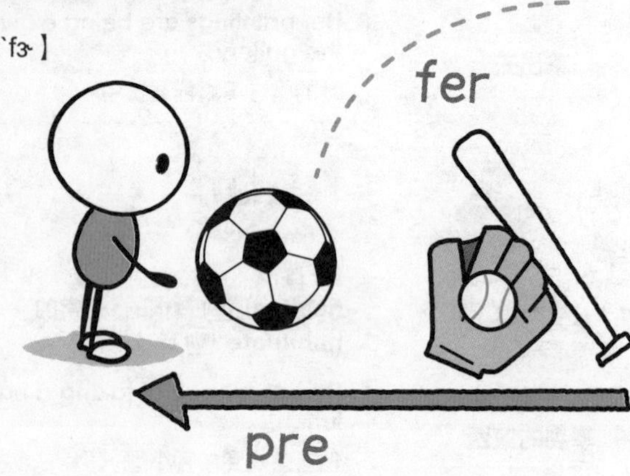

pre（前面）+ fer（運送）

➡ 拿到自己面前

動 較喜歡、更希望、～寧可

關聯字彙 ➡ preference 名 優先、偏愛
preferential 形 有優先權的
preferable 形 更好的

I prefer tiramisu to chocolate cake.
比起巧克力蛋糕，我**更喜歡**提拉米蘇。

Do you have a color preference?
你**喜歡**什麼顏色？

語源筆記

運送人、車、貨物的船稱為「渡船（ferry）」，字根fer有「運送」的意思。另外，由於會讓人聯想到移動到遠方，所以也衍生出具有「遙遠」含意的形容詞far。「運送」乘客的「運費（fare）」也是來自相同語源。

su(f)（下面）+ fer（運送）

➡ **在重物下支撐**

suffer

【`sʌfɚ】

動 遭受、受苦

suffering 名 折磨、苦腦

I hate to see the animals suffer.

我厭惡看見動物受苦。

re（向後）+ fer（運送）

➡ **回到原點**

refer

【rɪ`fɝ】

動 提及、談到

reference 名 提到、參照

Refer to the bar graph on the white board.

請參照白板上的柱狀圖。

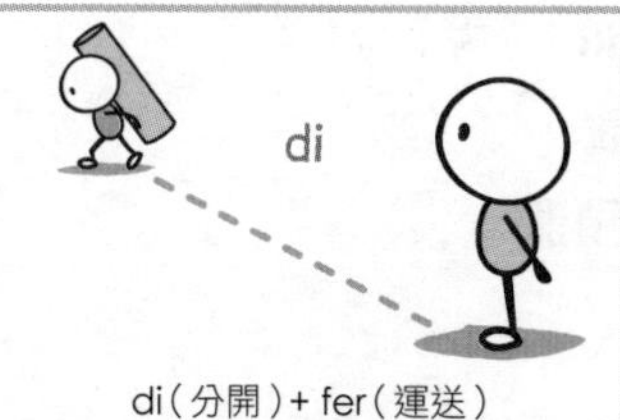

di（分開）+ fer（運送）
+ ent（形容詞化）

➡ **送到個別的地方**

different

【`dɪfərənt】

形 差異的、不同的

difference 名 差異

differ 動 差異、不同

He is quite different from what he was.

他和以往的他是不同的人。

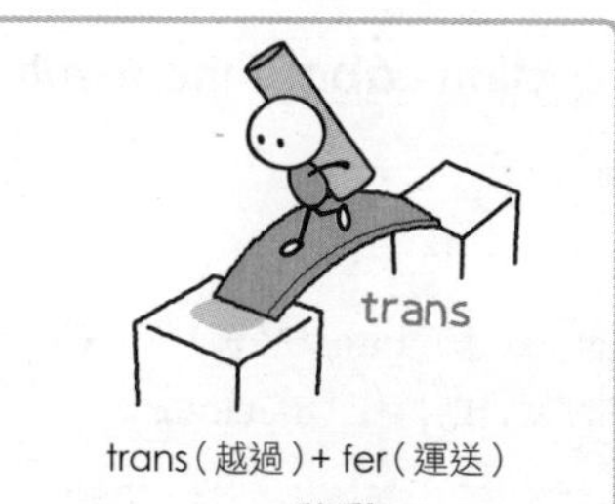

trans（越過）+ fer（運送）

➡ **移動**

transfer

動【træns`fɝ】搬、調動、轉移、轉乘

名【`trænsfɝ】遷移、移交

He transferred to another department last month.

他上個月轉調到其他部門。

7-10 dict ＝說

predict

【prɪˋdɪkt】

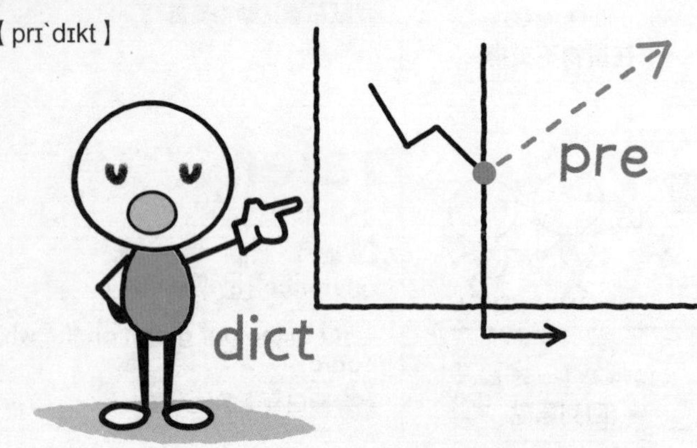

pre（之前）+ dict（說）

➡ 事前說

動 預言、預測

關聯字彙 ➡ prediction 名 預言、預報

predictable 形 可以預測的

She predicted that I will get married by 25.
她**預言**我會在25歲結婚。

It's too early to make any predictions about the results.
現在**預測**結果還太早。

語源筆記

「字典（dictionary）」拆解開來就是「dict（敘述）＋ion（名詞）＋ary（總稱）」，也就是「說明單字的意思」。口述的英語則寫作「dictation」。

ad（朝向～）+ dict（說）

➡ **照所說的做**

addict

名【ˋædɪkt】常用者、成癮者

動【əˋdɪkt】使其上癮

Most smokers can't admit that they are addicts.

大半抽菸者都無法承認自己**成癮**。

contra（反對）+ dict（說）

➡ **說出反對意見**

contradict

【ˌkɑntrəˋdɪkt】

動 反駁、矛盾

contradiction 名 反駁、矛盾

The two reports contradict each other.

這兩份報告彼此**矛盾**。

dict（說）+ ate（成為～）

+ or（人）+ ship（狀態）

➡ **命令別人**

dictatorship

【dɪkˋtetɚˌʃɪp】

名 獨裁政權

dictate 動 命令、口述記錄

dictation 名 聽寫、命令

The country's dictatorship finally came to an end.

那個國家的**獨裁政權**終於垮台。

ver（真實）+ dict（敘述）

➡ **說真話**

verdict

【ˋvɝdɪkt】

名 判決、意見

The judge will hand down a verdict in January.

法官表示將於1月**判決**。

7-11 side, sit, set, seat, ses, sed, sad ＝坐

preside

【prɪˋzaɪd】

pre（前面）**+ side**（坐）

➡ 坐在前面

動 主席、主持、指揮、主奏

關聯字彙 ➡ **president** 名 總統、董事長

I presided at the committee meeting yesterday.
昨天，我**主持**委員會會議。

George Washington was the first President of the U.S.A.
美國第一任**總統**是喬治華盛頓。

語源筆記

「坐」是sit，「座位」是seat，寬敞而能舒適乘坐的廂型車稱為sedan，腳踏車坐墊稱為saddle，這些單字全部都有「坐」的意思。小提琴和鋼琴的「演奏會（session）」也是坐著進行演奏。

re（後面）+ side（坐）+ ent（人）

➡ **一直坐著的人**

resident

【ˋrɛzədənt】

名 居民、住民

reside 動 居住

residence 名 住宅

Parking spaces are for residents only.

本停車場為居民專用。

sub（下面）+ side（坐）

➡ **平息**

subside

【səbˋsaɪd】

動（水、洪水）退去、平息

subsidy 名 津貼、補助金

The flood gradually subsided.

洪水慢慢退去。

sit（坐）+ tle（反覆）

➡ **使坐下**

settle

【ˋsɛtḷ】

動 結束、使坐下、支付

settlement 名 解決、清算

The nurse settled me into the chair.

護士讓我坐在椅子上。

pos（能力）+ sess（坐）

➡ **有能力的人就坐著**

possess

【pəˋzɛs】

動 持有、擁有

possession 名 所有物

Because of his gambling, he lost everything he possessed.

他在賭博中失去擁有的一切。

7-12 gna, na(t) ＝誕生

pregnant

【 `prɛgnənt 】

pre（之前）+ gna（誕生）+ ant（形容詞化）

➡ 誕生之前

形 懷孕的

關聯字彙 ➡ pregnancy 名 懷孕

She is four months pregnant.
她懷孕4個月。

This will be her second pregnancy.
她第二次懷孕。

語源筆記

14世紀時起源於義大利，復興古希臘羅馬文化的「文藝復興運動（Renaissance）」，就是「re（再度）＋nais（誕生）＋ance（名詞化）」所組成。

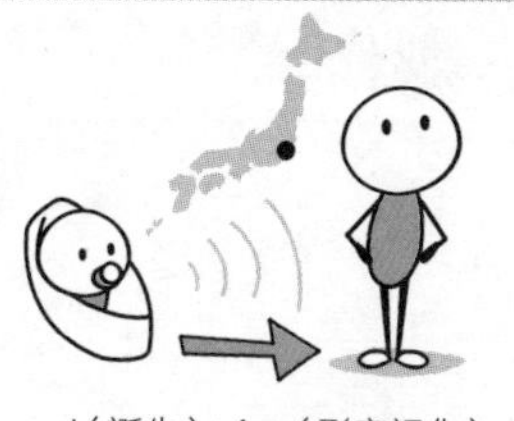

nat（誕生）+ ive（形容詞化）

➡ **生下來就如此**

native

【ˋnetɪv】

形 出生地的、土生土長的

名 當地的人、自然人

He is a native Tokyoite.

他是**土生土長的**東京人。

na（誕生）+ ive（形容詞化）

➡ **生下來就這樣**

naive

【nɑˋiv】

形 輕信的、天真的

She is a naive young girl.

她是個**天真的**女孩。

nat（誕生）+ ual（形容詞化）

+ ize（動詞化）

➡ **到出生的地方**

naturalize

【ˋnætʃərəˏlaɪz】

動 使歸化

He became naturalized in Taiwan.

他**歸化**台灣籍。

in（裡面）+ nat（誕生）

➡ **與生俱來**

innate

【ɪnˋet】

形 與生俱來的、天生的

He has an innate sense of justice.

他有**與生俱來的**正義感。

7-13 fect, fact ＝做、製作

perfect

per（完整）**+ fect**（做、製作）

➡ 全部都做得很好

形【`pɝfɪkt】完整的、圓滿的

動【pɚ`fɛkt】使完美

He pitched a perfect game.
他打了一場**圓滿的**比賽。

I'm in perfect condition today.
我今天的狀況**很完美**。

語源筆記

「事實（fact）」的原意是「被做好的事情」，fect也是相同語源。「工廠」factory是由「fact（做）＋ory（場所）」組成。如果是factor，意思就是帶來結果的「因素」；而faction是「派系、黨派」；manufacture是「manu（手）＋fact（做）＋ure（名詞化）」所組成，有「製品、製造」的意思。

e(f)（向外）+ fect（做、製作）

➡ **被帶到外面的東西**

effect

【ɪˋfɛkt】

名 效果、結果

effective 形 有效的、起作用的

The sleeping pills are starting to take effect.

安眠藥開始**發揮效果**。

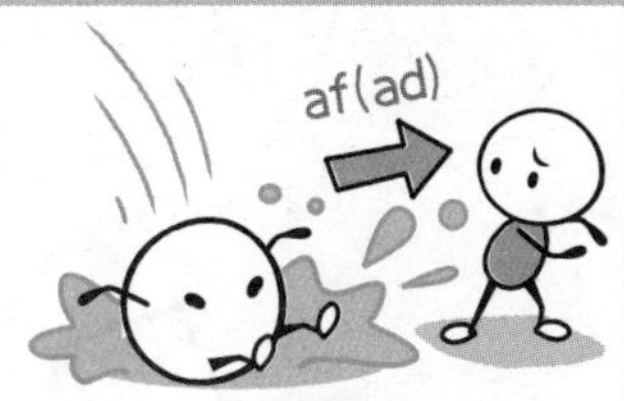

a(f)（朝向～）+ fect（做、製作）

➡ **當成對手**

affect

【əˋfɛkt】

動 影響、感動

affection 名 影響、喜愛

affectionate 形 親暱的

Smoking affected his health.

抽菸**影響到**他的健康。

in（裡面）+ fect（做、製作）

➡ **拿到裡面**

infect

【ɪnˋfɛkt】

動 傳染、感染

infection 名 傳染病、感染

infectious 形 傳染性的

The virus has infected many people.

病毒**感染**了很多人。

de（分離）+ fect（做、製作）

➡ **離開良好的狀態**

defect

【dɪˋfɛkt】

名 缺陷、缺點

動 背叛、脫離

defective 形 有缺陷的

It seems the child has a genetic defect.

那個孩子有遺傳**缺陷**。

7-14 cast＝丟

forecast

【ˋfor͵kæst】

fore（之前）+ cast（丟）

➡ 事先丟給大家

名 預報、預想　動 預報、預期

The weather forecast is snow for this evening.

天氣**預報**今晚會下雪。

Heavy rain is forecast for tomorrow.

明天**預期**會下豪雨。

語源筆記

釣竿的釣魚線遠遠拋出去稱爲「casting」，原本cast是指丟骰子，原意主要是說明丟擲不太有重量的物品。

cast

【kæst】

動 投、擲、擔任角色

名 演員陣容、投擲

A fisherman cast a net into the sea.

漁夫把漁網**拋進**海裡。

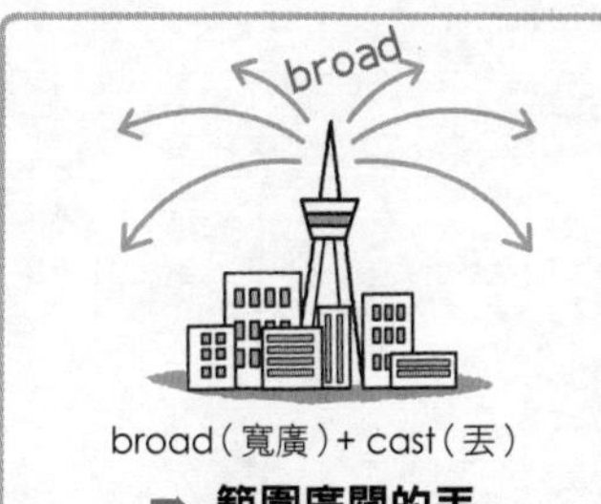

broadcast

【ˋbrɔdˏkæst】

動 播送、傳布

名 播送、散布

The President's speech was broadcast at noon.

總統的演說於中午**播放**。

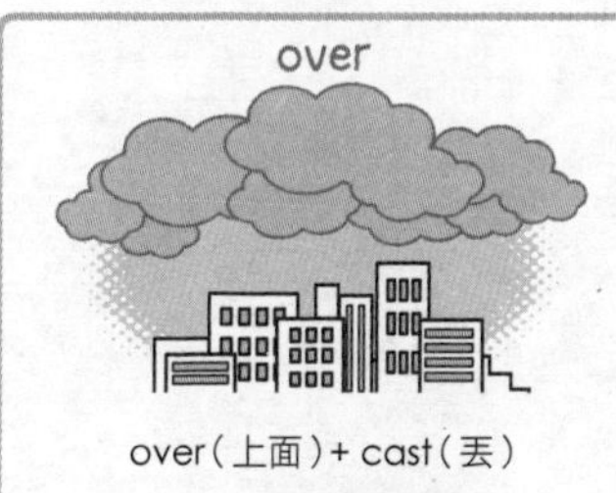

overcast

【ˋovəˏkæst】

形 陰天的、多雲的、沮喪的

The weather forecast says it'll be overcast today.

天氣預報今天是**陰天**。

castaway

【ˋkæstəˏwe】

名 漂流者（物）、船難者

The castaways swam ashore to the island.

船難者游泳到那座小島。

Chapter 8

re-

（再次、重新、向後）

re-

（再次、重新、向後）

字首re在拉丁文中具有「再次」「重新」「向後」「對立」等意思。就如同re-elect（重選）一樣，後面接續的單字如果是e開頭，就會加入連字號(-)。

recycle
[riˋsaɪkḷ]

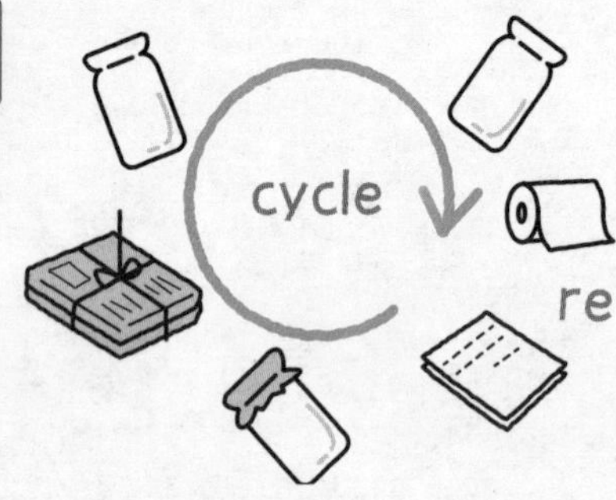

re（再次）**+ cycle**（旋轉、環）➡ 不斷循環

動 回收再利用

語源筆記

語源cycle, circle表示「旋轉、環」。「自行車」的bicycle是「bi（2個）+cycle（環）」，「三輪車」是tricycle。印度洋發生的漩渦狀氣旋是cyclone。circle也是同一語源，由「cir（旋轉）+cle（小東西）」轉化爲「環」或「圓」之意。

retail
[ˋritel]

re（再次）**+ tail**（切）➡ 切來賣

名 零售　動 零售

語源筆記

語源tail是「切」的意思。訂製西服的「洋裁店（tailor）」，原意如同字面所示，是「切割布料的人」。

restore
[rɪ`stor]

re（再次）**+ store**（店、儲存）
➡ 重建
動 修復、恢復

reunion
[ri`junjən]

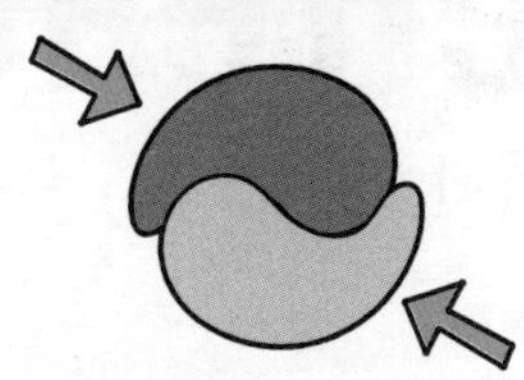

re（再次）**+ uni**（1個）**+ on**（名詞化）
➡ 再次變成一個
名 聚會、重逢、結合

replace
[rɪ`ples]

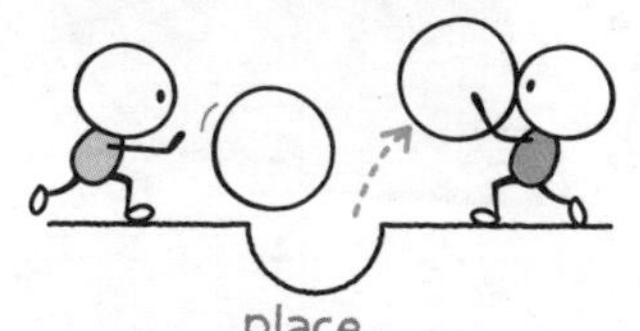

re（原本）**+ place**（場所、放置）
➡ 換地方放
動 替換、取代

renew
[rɪ`nju]

re（再次）**+ new**（新）
➡ 更新
動 更新、重申、復興

recall
[rɪ`kɔl]

re（再次）**+ call**（呼喚）
➡ 喚回
動 回憶起、召回、回收

renaissance
[rə`nesns]

re（再次）**+ nais**（誕生）→參照**P166**
+ ance（名詞化）
➡ 古代重生
名 文藝復興

8-1 treat, trait ＝拉

retreat

【rɪ`trit】

re（向後）+ treat（拉）

➡ 往後拉

名 引退、撤退　動 退縮、撤退

He retreated from the room without saying a word.
他一言不發就**離開**房間。

The enemy soldiers were in full retreat.
敵國士兵已全數**撤退**。

語源筆記

孩子們挨家挨戶唸著「Trick or Treat」討糖果的「萬聖節（Halloween）」，這些孩子所說的話以中文來表示就是「不給糖就搗蛋」。treat是拉到自己身邊「請客」或「款待」之意。

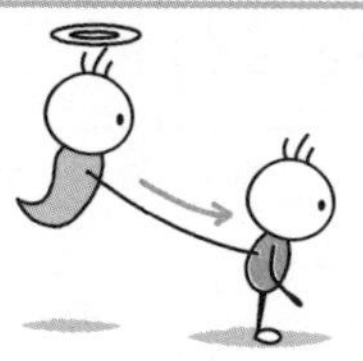

trait（拉）
➡ 從祖先繼承的、遺傳的

trait

【tret】

名 特徵、特質、特性、品質

Aggression is not a male-only trait.

攻擊性並不是男性獨有的**特質**。

por（前面）+ trait（拉、畫）
➡ 在人前面畫畫

portrait

【`portret】

名 肖像、畫像

portray 動 描繪

The wall is covered with portraits.

這片牆畫滿了**肖像**。

treat（拉）+ y（名詞化）
➡ 互相拉扯

treaty

【`tritɪ】

名 條約、協商

The treaty brought peace and stability to the country.

這個**條約**能為國家帶來和平與安定。

en（裡面）+ treat（拉）
➡ 拉進去

entreat

【ɪn`trit】

動 懇求、乞求

entreaty 名 請願、懇求

He entreated the police to save his daughter.

他**懇求**警察救救他女兒。

8-2 stri(ct),strai(n), stress ＝拉

restrict

【rɪˋstrɪkt】

re（向後）+ strict（拉）

➡ 往後拉

動 限制、約束、禁止

關聯字彙 ➡ restriction 名 限制（條件）、約束、限定

You are restricted to a speed of 40 kilometers an hour in this area.

此路段**限制**時速40公里。

The U.S. is seeking tighter restriction on weapon sales to the region.

美國正在尋求對於該地區更嚴格的武器販售**管制**。

語源筆記

「嚴格的（strict）」與strain, stress, string都同爲「拉緊」之意的字根。筆直拉緊的狀態稱爲straight，心情緊繃的狀態稱爲stress，筆直的線則稱爲string。

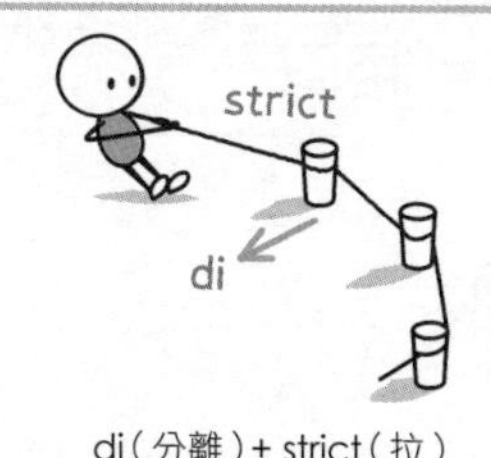

di(分離)+strict(拉)

➡ **遠離其他人**

district

【`dɪstrɪkt】

名 地區、區域

His condo is in the middle of the business district.

他的公寓位於商業**區域**中心。

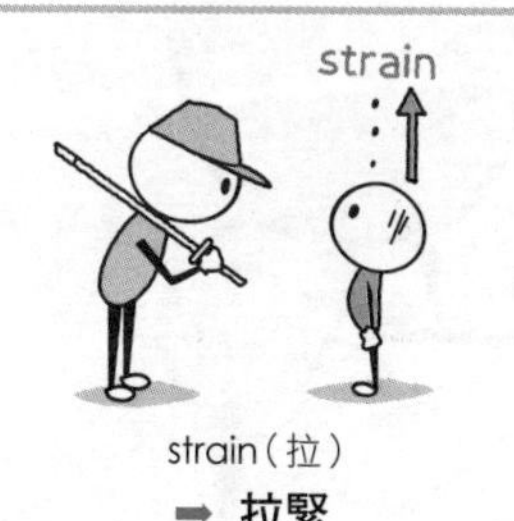

strain(拉)

➡ **拉緊**

strain

【stren】

動 拉緊、使緊張、使勁

名 緊張、壓力

The issue strained the relationship between the two.

這個問題讓兩人的關係**陷入緊張**。

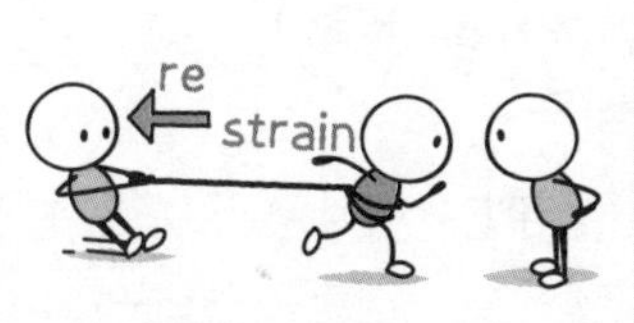

re(向後)+strain(拉)

➡ **拉回來**

restrain

【rɪ`stren】

動 抑止、阻止

restraint 名 克制、冷靜

She couldn't restrain her anger anymore.

她已經無法**壓抑**怒火。

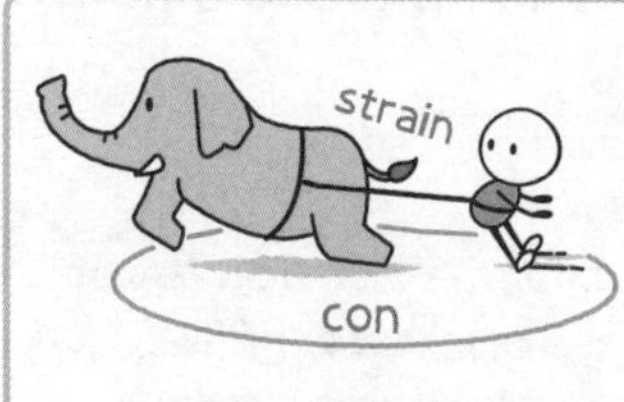

con(全部)+strain(拉)

➡ **強制**

constrain

【kən`stren】

動 迫使、阻止

constraint 名 抑制、限制

She was constrained to tell a lie.

她**被迫**說了謊。

8-3 seem, sem, simil ＝相同

resemble

【rɪˋzɛmbḷ】

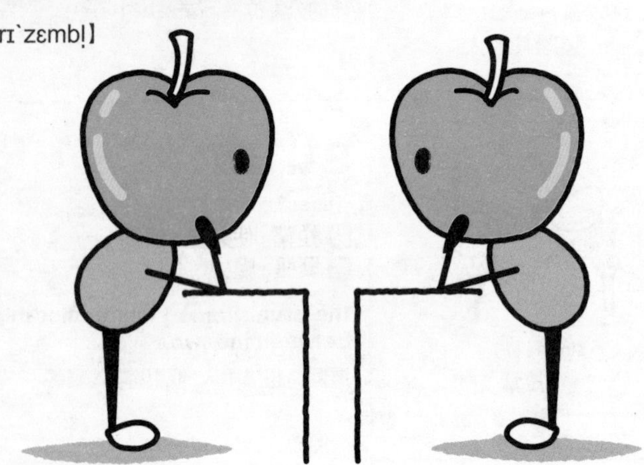

re（原本）+ sem（相同）+ ble（反覆）

➡ 和雙親相同

動 看起來像、類似

關聯字彙 ➡ resemblance 名 相似、類似

He resembles his father in appearance.
他外表看起來像爸爸。

He bears a striking resemblance to his grandfather.
他非常像他的祖父。

語源筆記

仿照實物或現實狀態進行實驗稱爲simulation，其字根simul與sembl, simil原意就是「類似」。「看起來像～」是seem。足球比賽中假摔等欺騙裁判的行爲也被稱爲simulation。「臨摹（facsimile）」也是由做出（fact）相同的東西（simil）而來。

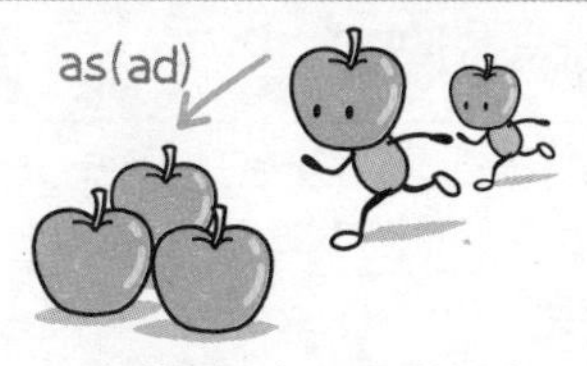

a(s)（朝向～）+ sem（相同）
+ ble（反覆）
➡ 到相同的地方

assemble

【ə`sɛmbḷ】

動 集合、召集、收集

assembly 名 集會、聚集

Many people assembled in front of the church.

教堂前面聚集了很多人。

simil（相同）+ ar（形容詞化）
➡ 相同

similar

【`sɪmələ˞】

形 類似的、相似的

similarity 名 類似、相似性

My opinion was similar to his.

我的意見和他的類似。

a(s)（朝向）+ simil（相同）
+ ate（成為）
➡ 往相同方向

assimilate

【ə`sɪmḷˌet】

動 同化、融入、理解

assimilation 名 同化、吸收、理解

He tried to assimilate into the white communities.

他試圖融入白人社會。

simul（相同）+ tane（時間）
+ ous（形容詞化）
➡ 同時的

simultaneous

【ˌsaɪmḷ`tenɪəs】

形 同時的、同步的

She works as a simultaneous interpreter.

她擔任同步的口譯。

8-4 sul(t), sal(t) ＝跳、跳躍

result

【rɪ`zʌlt】

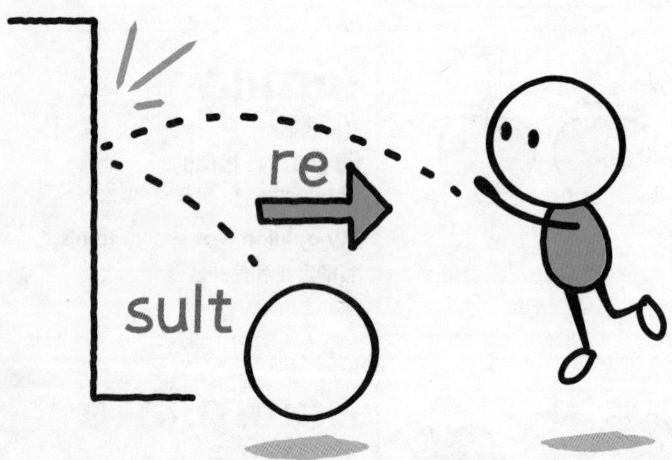

re（原點）+ sult（跳）

➡ 跳回來

名 **結果、成果、成績** 動 **導致、結果**

He was disappointed at the result of the exam.
他對考試**成績**很失望。

Her hard work resulted in a big bonus for her.
她工作非常認真**結果**領到很多獎金。

語源筆記

salto是義大利文的「跳躍」。舔食的時候舌頭有跳刺感覺的「鹽」是salt，從水面跳出來的魚是「鮭魚（salmon）」。其他還有「沙拉米香腸（salami）」「香腸（sausage）」「沙拉（salad）」都出自相同的語源。

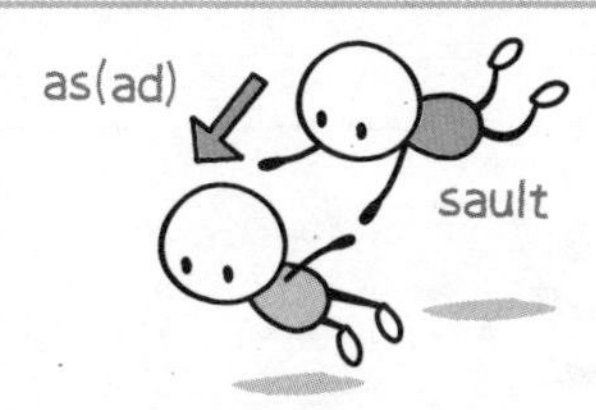

a(s)（朝向～）+ sault（跳）

➡ 飛撲

assault

【ə`sɔlt】

名 襲擊、強暴（婦女）

動 襲擊、強暴、抨擊

He was charged with assault.

他被以強暴罪起訴。

a(s)（朝向～）+ sail（跳）

➡ 飛撲

assail

【ə`sel】

動 襲擊、抨擊、責罵

The proposal was assailed by the opposition party.

該提案受到在野黨抨擊。

in（往上）+ sult（跳）

➡ 飛撲

insult

【ɪn`sʌlt】

動 侮辱、辱罵

名【`ɪnsʌlt】侮辱、羞辱

He was fired for insulting a customer.

他因為羞辱客戶被辭退。

ex（向外）+ ult（跳）

➡ 蹦跳

exult

【ɪg`zʌlt】

動 狂喜、歡欣鼓舞

exultant 形 狂喜的、歡欣鼓舞的

The scientist exulted in her new discovery.

科學家因新發現而狂喜不已。

8-5 forc, fort ＝強力

reinforce

【ˌriɪnˋfɔrs】

re（再次）+ in（裡面）+ force（強力）

➡ 再次用力

動 補強、強化、增援

關聯字彙 ➡ reinforcement 名 補強、強化、加固

This school is reinforced to withstand earthquakes.
這所學校已經做過耐震**補強**。

This bridge needs reinforcement as soon as possible.
這條橋樑必須盡早**補強**結構。

語源筆記

如同音樂記號中forte表示「強」，fortissimo表示「極強」，fort有「強」或「力量」的意象。「努力（effort）」是指付出「額外的（ef）＋力量（fort）」。

en（裡面）+ force（力量）

➡ 用力

enforce

【ɪn`fors】

動 實施、強制

enforcement 名 實施、實行、強制

The law must be strictly enforced.

法律一定要嚴格**執行**。

fort（強）+ ress（場所）

➡ 強固的場所

fortress

【`fɔrtrɪs】

名 要塞、堡壘

They attacked the fortress high on a hill.

他們攻擊位於高丘上的**要塞**。

com（完全）+ fort（力）

+ able（可以）

➡ 使出力

comfortable

【`kʌmfɚtəbḷ】

形 舒適的、寬裕的、自在的

comfort 名 舒適、慰問、安逸

discomfort 名 不舒服、不安

She has a comfortable apartment in Taoyuan.

她在桃園有一間**舒適的**公寓。

fort（強）+ itude（名詞化）

➡ 堅強狀態

fortitude

【`fɔrtə͵tjud】

名 剛毅、不屈不撓、堅毅

fortify 動 強化、加固

He overcame the difficulty with fortitude.

他以**不屈不撓的精神**克服困難。

8-6 vol(ve) ＝旋轉

revolve

【rɪ`valv】

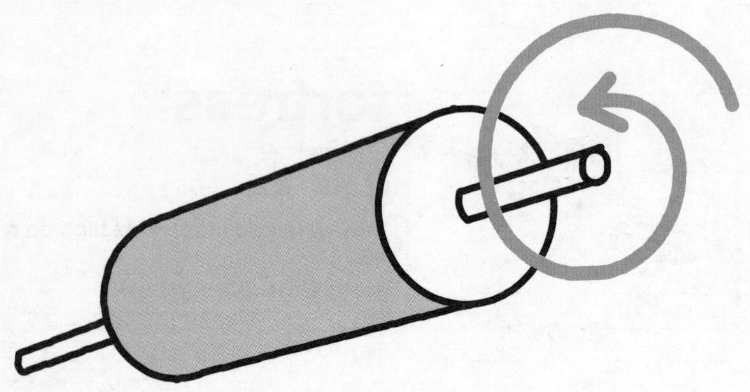

re（再次）+ volve（旋轉）

➡ 不斷旋轉

動 旋轉、反覆思考

關聯字彙 ➡ **revolution** 名 革命、旋轉

The earth revolves around the sun.
地球繞太陽轉。

The revolution marked the end of the French monarchy.
這場**革命**為法國的君主政治畫上休止符。

語源筆記

「音量（volume）」一字原意是層層捲繞的物品，從而轉化爲「捲」「（捲的）體積」「音量」等意義。子彈可連發的「左輪手槍（revolver）」就是由「不斷（re）＋旋轉（volve）」所組成。

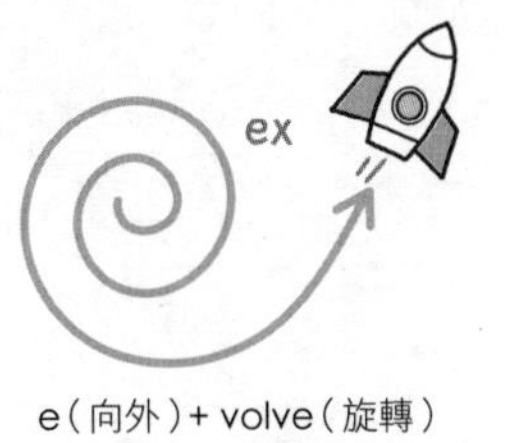

e（向外）+ volve（旋轉）
➡ 推進

evolve

【ɪ`valv】

動 使發展、進化

evolution 名 進化、發展

The scientist says that birds evolved from dinosaurs.

科學家說鳥類是由恐龍**進化**而來。

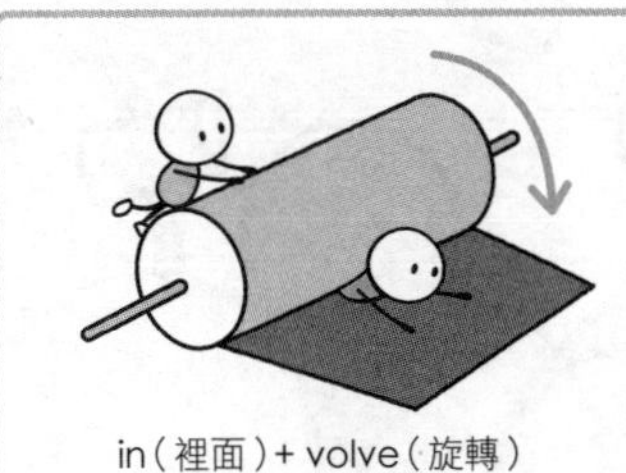

in（裡面）+ volve（旋轉）
➡ 捲起來

involve

【ɪn`valv】

動 包含、連累、捲入

involvement 名 關聯、參加、纏繞

He's involved in volunteer work.

他**參加**志工活動。

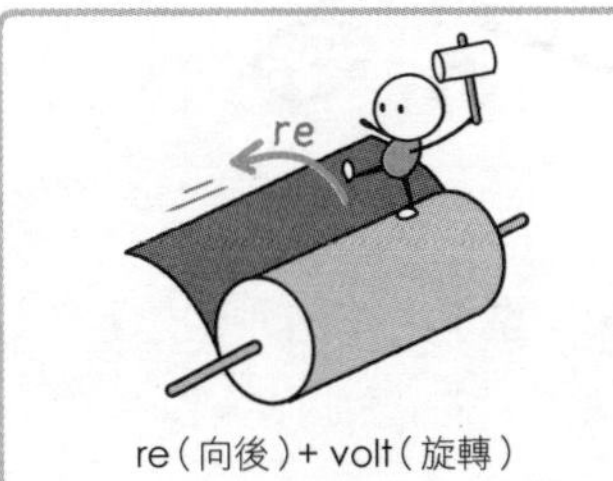

re（向後）+ volt（旋轉）
➡ 轉回去

revolt

【rɪ`volt】

名 反叛、起義、反感

動 造反、厭惡、反叛

The people rose in revolt.

民眾群起**叛亂**。

de（向下）+ volve（旋轉）
➡ 轉到下面

devolve

【dɪ`valv】

動 移交、轉交

He devolved the presidency to the vice-president.

他把總統的位置讓給副總統。

8-7 mod(e) ＝型

remodel

【ri`madḷ】

re（再次）+ mode（型）

➡ 改變形狀

動 改建、改造、重新塑造

We're remodeling the basement this summer.
我們今年夏天要改建地下室。

He had his nose remodeled.
他做過鼻子整形。

語源筆記

「model」是「模範」的「型」，流行的「型」稱爲「mode」，如現代風稱爲「modern」。mode有「樣式」「方法」「流行」的意思。

mod（型）+ ify（成為～）

➡ 塑型

modify

【`madə͵faɪ】

動 修正、改變、緩和

modification 名 修正、緩和

He modified the position of the handlebars on his bike.

他改變了腳踏車龍頭的位置。

mod(er)（型）+ ate（做）

➡ 套上模式

moderate

【`madərɪt】

形 適度的、有節制的（modest）

動【`madə͵ret】使和緩、節制

He has a moderate income.

他有一定的收入。

a(c)（朝向～）+ com（共同）+ mod（形）+ ate（成為）

➡ 放入同樣的模型中

accommodate

【ə`kamə͵det】

動 收容、提供住宿、使適應

accommodation 名 住宿、調和、方便

This hotel can accommodate 400 people.

這間飯店可提供400人住宿。

com（共同）+ mod（型）+ ity（名詞化）

➡ 成為相同形式

commodity

【kə`madətɪ】

名 日用品、商品

Commodity prices rose sharply.

日用品的價格急遽攀升。

8-8 ly, li(g) = 連結

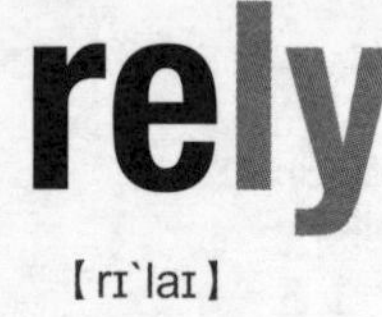

rely

【rɪˋlaɪ】

re（完全）+ ly（連結）

➡ 牢牢綁住

動 依靠、信賴

關聯字彙 ➡ reliable 形 可信賴的、可依靠的
reliance 名 信賴、信用

You can rely on me!
你可以**依靠**我！

I heard it from a reliable source of information.
我從**可靠的**情報來源得到此訊息。

語源筆記

網球或桌球等連續對打稱為「rally」，rally的原意是讓球「再次（re）有連結（ly）」。美國棒球有小聯盟（Minor League）和大聯盟（Major League），所謂的「league」就是結成一體，也就是「聯盟」。

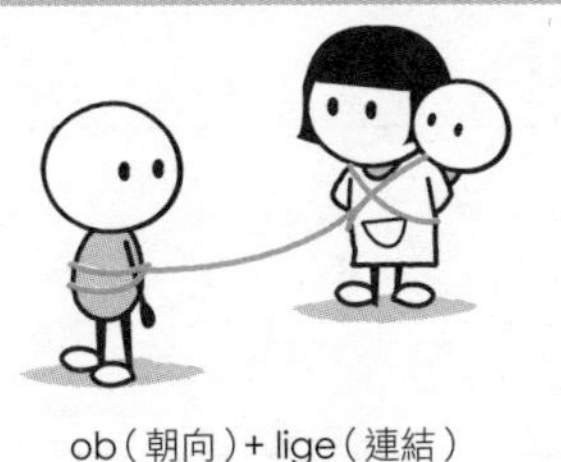

ob（朝向）+ lige（連結）

➡ 把～綁住

oblige

【ə`blaɪdʒ】

動 不得不～、使感激

obligation 名 義務、責任

obligatory 形 義務的、必須的

His father's illness obliged him to work.

因為父親生病他不得不工作。

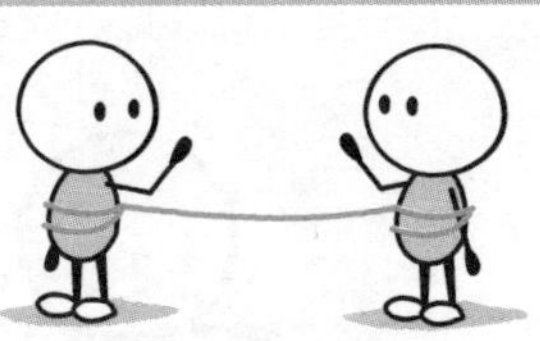

a(l)（往～）+ li（連結）+ ance（名詞化）

➡ 連在一起的狀態

alliance

【ə`laɪəns】

名 結盟、聯姻、同盟

ally 動 使同盟、聯合

The two parties decided to form an alliance.

兩個政黨決定結盟。

li（連結）+ able（可以）

➡ 可以連結

liable

【`laɪəbl̩】

形 易於～、有法律責任的、應受的

liability 名 義務、責任、傾向

Wooden bridges are liable to rot.

木造的橋樑容易腐爛。

ra(= re)（再次）+ lly（連結）

➡ 再次集結

rally

【`rælɪ】

動 集合、重整、恢復

名 集會、大會、拉力賽

The manager rallied the players around him.

教練集合選手到身邊。

8-9 lev(i) ＝輕、拿起

relieve

【rɪˋliv】

re（完全）+ lieve（輕）

➡ 完全變輕

動 減輕、解除、緩和

關聯字彙 ➡ relief 名 寬心、減輕、救濟

I was relieved to hear that I don't have cancer.
知道不是癌症後就安心了。

What a relief!
真是鬆了一口氣！

語源筆記

利用「槓桿」原理可輕鬆舉起物品，槓桿英文稱為「lever」，單字可拆解為「lev（舉起）＋er（物品）」，原意就是「輕鬆舉起物品」。同樣的「往上舉起的物品」就是「電梯（elevator）」。

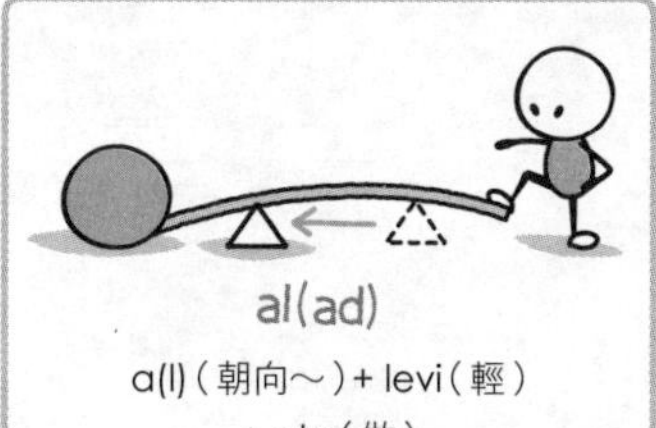

a(l)（朝向～）+ levi（輕）+ ate（做）
➡ 變輕

alleviate

【ə`livɪˏet】

動 減輕、緩和

alleviation 名 減輕、緩和

They discussed how to alleviate poverty.

他們討論要如何減少貧窮。

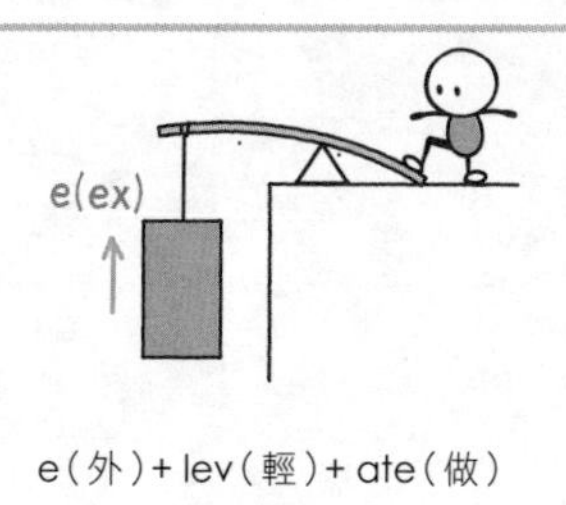

e（外）+ lev（輕）+ ate（做）
➡ 舉起

elevate

【`ɛləˏvet】

動 提高、上升、舉起

elevation 名 上升、晉升、高地

This drug tends to elevate body temperature.

這種藥服用後會造成體溫上升。

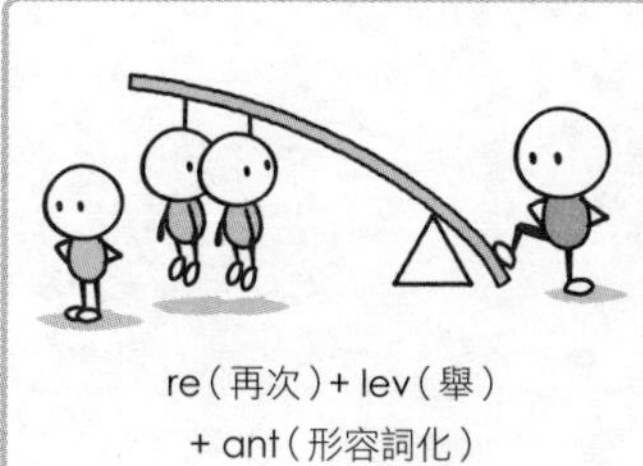

re（再次）+ lev（舉）+ ant（形容詞化）
➡ 再次被舉起

relevant

【`rɛləvənt】

形 有關的、恰當的

irrelevant 形 無關的、不恰當的

relevance 名 關聯、中肯、相關性

Your opinion is not relevant to the subject.

你的意見根本次的主題沒有關聯。

lev（舉）
➡ 從人民身上拿取的東西

levy

【`lɛvɪ】

名 稅金（徵收）、徵收

動 徵收、課稅

The government levied a new tax on the people.

政府對國民課徵新稅。

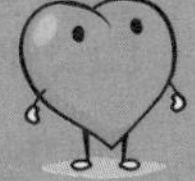

Chapter 9

in-, im-, en-

（裡面、上面）

in-, im-, en-

（裡面、上面）

字首in是由印歐語中具有「裡面」含意的en，從拉丁語轉化而來，如果接在b,m,p開頭的單字前就會變成im，在l前面變成il，在r前面會變成ir。以原本的形式（en）出現在單字中的也很多，如果是b,m,p開頭的話會變成em。

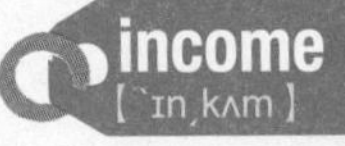

income
[ˋɪn͵kʌm]

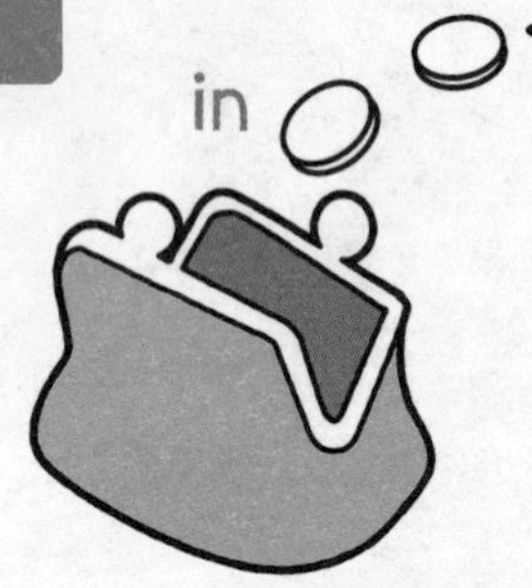

in（裡面）**+ come**（來）➡ 進到裡面

名 收入

語源筆記

動詞come（來）加上不同的字首，可以衍生很多不同的單字。outcome是「到外面（out）來」，所以是「結果」；overcome是「跨越（over）過來」所以是「克服」；become是「到旁邊（be＝by）來」所以是「成爲～、相似」的意思。

inflame
[ɪnˋflem]

in（裡面）**+ flam**（火焰）

➡ 火焰之中

動 使興奮、煽動

語源筆記

法文中淋上白蘭地點燃後再端上桌的甜點或料理稱爲「flambe」，flam的原意就是「火焰燃燒」。另外，「發炎」是inflammation。

innovation
[ˌɪnəˋveʃən]

in（裡面）+ **nov**（新）+ **ation**（成為）
➡ 進入新事物
名 改革、革新

insect
[ˋɪnsɛkt]

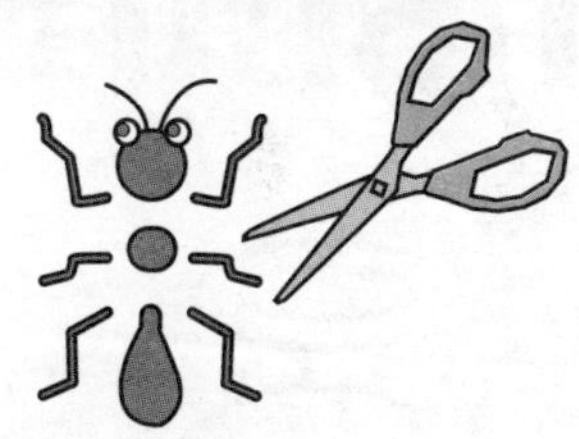

in（裡面）+ **sect**（切）
➡ 中間被切斷的東西
名 昆蟲

insight
[ˋɪnˌsaɪt]

in（裡面）+ **sight**（眼界）
➡ 看裡面
名 洞察力

imprison
[ɪmˋprɪzn]

im（裡面）+ **prison**（監獄）
➡ 入監
動 監禁

implant
[ɪmˋplænt]

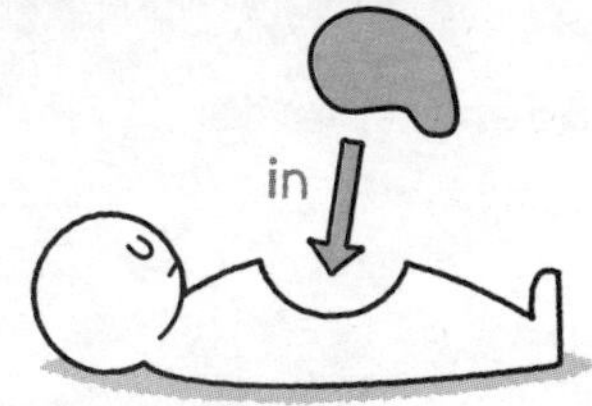

im（裡面）+ **plant**（種植）
➡ 植入裡面
動 移植、植入

illuminate
[ɪˋluməˌnet]

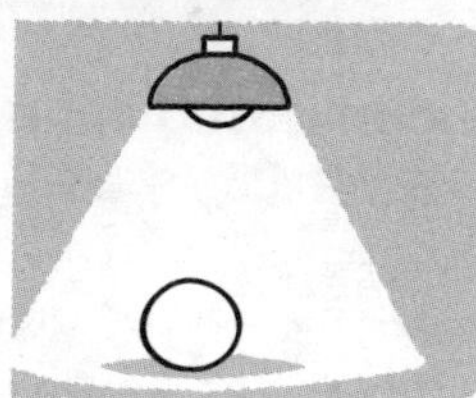

il（裡面）+ **lum**（光）+ **ate**（動詞化）
➡ 裡面有光
動 照亮

9-1 spir(e)＝呼吸

inspire

【ɪn`spaɪr】

in（裡面）+ spire（呼吸）

➡ 深呼吸

動 吹入、鼓舞、驅使、吸氣

關聯字彙 ➡ inspiration 名 靈感、感激、激勵

The book inspired me with courage.
那本書**鼓舞**了我。

He composed this music on a sudden inspiration.
他突來的**靈感**做了這首曲子。

語源筆記

spirit的語源是「生命的呼吸」，通常是「精神、心靈、力氣」的含意。複數形spirits是給予人呼吸的物品，也就是轉化爲如「威士忌、白蘭地」之類的「蒸餾酒」。更進一步衍生爲表示酒後精神狀態的「氣氛」「元氣」。

a（朝向～）+ spire（呼吸）

➡ **朝著某樣東西吹氣**

aspire

【ə`spaɪr】

動 渴望、嚮往

aspiration 名 熱切盼望、野心

He aspires to be a politician.

他**熱切的期望**可以成為政治家。

con（共同）+ spire（呼吸）

➡ **氣息相通的討論**

conspire

【kən`spaɪr】

動 共謀、策畫

conspiracy 名 共謀、陰謀

They are conspiring to break into a bank.

他們**密謀**搶銀行。

ex（外面）+ (s)pire（呼吸）

➡ **深吸一口氣**

expire

【ɪk`spaɪr】

動 滿期、呼氣、吐氣

expiration 名 終了、截止、斷氣

My driver's license expires in October.

我的駕照10月**到期**。

per（通過）+ spire（呼吸）

➡ **用全身呼吸**

perspire

【pɚ`spaɪr】

動 流汗、出汗

perspiration 名 流汗、汗

She felt hot and started to perspire.

她覺得很熱並且開始**流汗**。

9-2 cli(n), cli(m) ＝傾斜

incline

【ɪn`klaɪn】

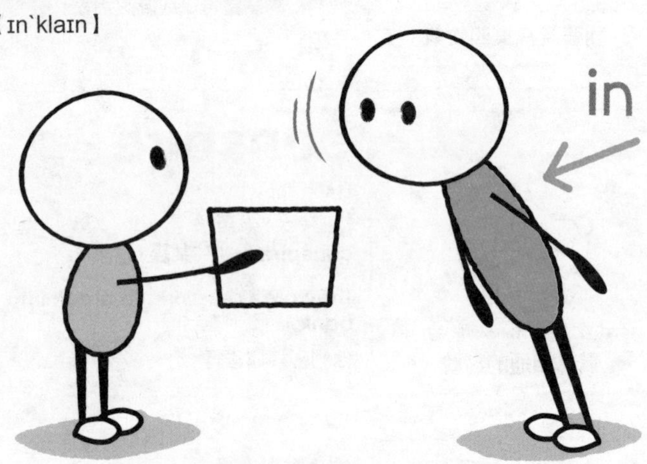

in（裡面）+ cline（傾斜）

➡ 心中的想法動搖

動 使想要、傾向、有意

關聯字彙 ➡ inclination 名 愛好、傾向

I'm inclined to accept his offer.
我想要接受他的提議。

I feel no inclinations to remarry.
我完全沒有意思再婚。

語源筆記

climax原意是「梯子的斜度」，常被衍生為「頂點」「高潮」。而「診所(clinic)」的由來是出自讓病人馬上就可以起身的「傾斜式床鋪」。

re（往後）+ cline（傾斜）

➡ 往後傾斜

recline

【rɪˋklaɪn】

動 斜躺、傾斜

I saw him reclining on the sofa.

我看到他斜躺在沙發上。

de（下面）+ cline（傾斜）

➡ 往下傾斜

decline

【dɪˋklaɪn】

動 婉拒、衰落

名 衰退、下降

Computer sales declined 5.2 percent this year.

今年電腦的銷售量下跌5.2%。

➡ 從赤道往兩極傾斜所造成的天候變化

climate

【ˋklaɪmɪt】

名 天候、氣候、風土

climatic 形 氣候的、風土的

Queensland has a tropical climate.

昆士蘭屬於熱帶氣候。

cli（傾斜）+ ent（人）

➡ 靠過來的人

client

【ˋklaɪənt】

名 顧客、委託人

My job is serving coffee to the clients.

我的工作是為客人泡咖啡。

9-3 gen ＝種族、起源

indigenous

【ɪn`dɪdʒɪnəs】

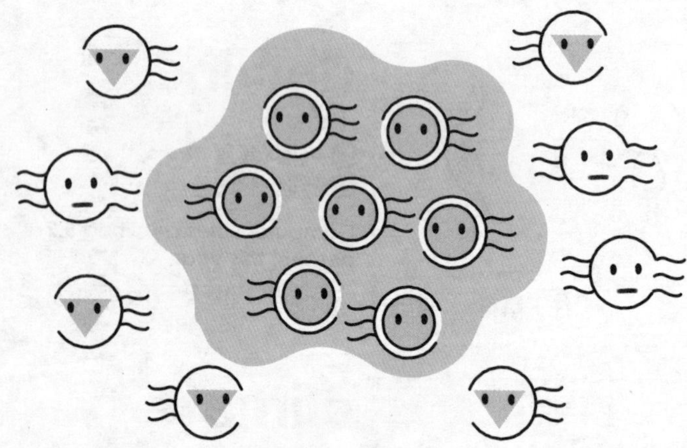

indi（裡面）+ gen（起源、種族）+ ous（形容詞化）

➡ 從裡面誕生

形 固有的、原產的、本地的

The kangaroo is indigenous to Australia.
袋鼠是澳洲的**原生**物種。

Blueberries are indigenous to America.
藍莓**原產**於美國。

語源筆記

「紳士（gentleman）」原意是「同樣種族的人」，轉化爲「家世良好的人」。「engine」意指動力由「裡面（en）＋誕生（gine）」，所以是「發動機」。「gender」是出生時決定好的「性別」。

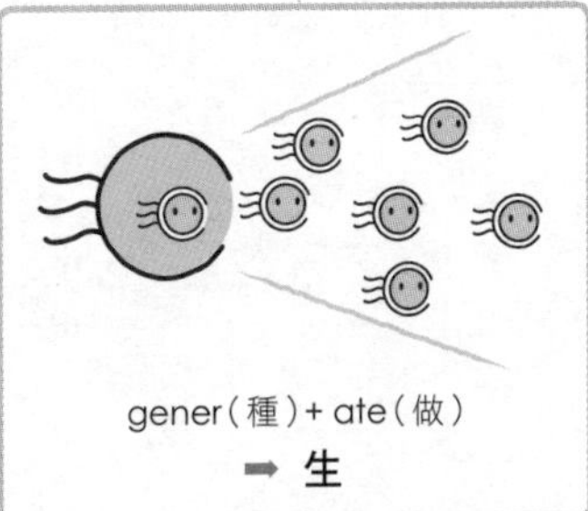

generate

【`dʒɛnə͵ret】

動 發生、引起

generation 名 世代、同世代的人

degenerate 動 退化、惡化

The new theory generated much discussion.

這個新理論引起很多討論。

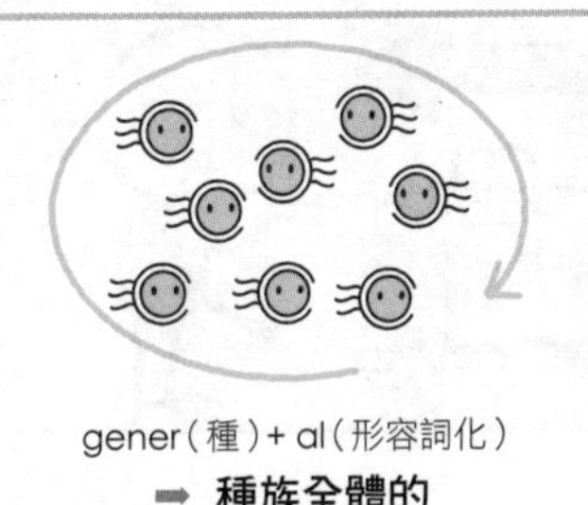

general

【`dʒɛnərəl】

形 一般的、普遍的

generally 副 一般地、通常

generalize 動 一般化、概括

In general, the economy is improving.

普遍來說，經濟改善中。

gener（種）+ ous（形容詞化）
➡ 同種 ➡ 良好的出身

generous

【`dʒɛnərəs】

形 慷慨的、大方的

generosity 名 慷慨大方、寬宏大量

It was generous of him to pay for us.

他非常大方的幫我們付帳。

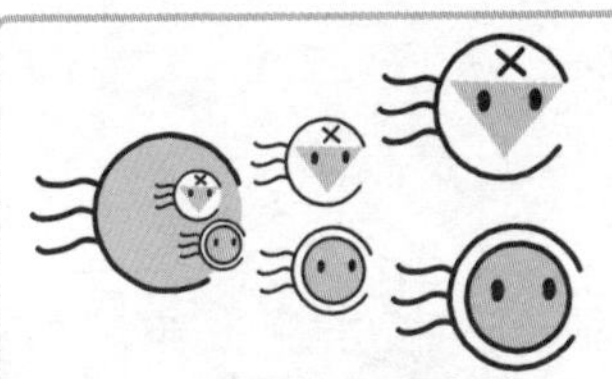

congenital

【kən`dʒɛnətḷ】

形 先天的、天生的

Bill is a congenital liar.

比爾是天生的騙子。

9-4 port ＝運送、港口

import

im（裡面）+ port（運送、港口）

➡ 送到港口裡面

動【ɪm`port】進口、輸入　名【`ɪmport】進口貨

關聯字彙 ➡ importation 名 進口、輸入、進口貨

They import a large number of cars from Germany.
他們從德國**進口**大量的汽車。

Oil imports have risen recently.
近年來石油**進口**大幅增加。

語源筆記

天空（air）的港口（port）就是「機場（airport）」，在飯店幫忙搬運行李的人稱為「porter」，port有「港口」或「搬運」的意思。「運動（sport）」是由disport「di（分開）＋sport（搬運）」去掉di衍生而來，表示「前往離開工作的場所」。

sup（下面）+ port（搬運）

➡ 在下面支撐

support

【səˋport】

動 支持、扶養

名 支持、扶養人

He has a wife and two children to support.

他有妻子和兩個孩子要扶養。

ex（向外）+ port（運送）

➡ 運出去

export

【ɪksˋport】

動 出口、輸出

名【ˋɛksport】出口貨、輸出

exportation 名 出口、輸出品

The country exports wheat in great quantities.

該國出口大量小麥。

trans（跨越）+ port（運送）

➡ 送到別的地方

transport

【trænsˋpɔrt】

動 運輸、搬運

名【ˋtrænsˌpɔrt】運輸（方式）

transportation 名 運輸、輸送

The statue was transported to New York.

雕像被運送到紐約。

op（朝向）+ port（港口）

+ unity（狀態）

➡ 向港口送

opportunity

【ˌɑpɚˋtjunətɪ】

名 機會

opportune 形 恰好的、適宜的

It was too good an opportunity to pass up.

這是絕佳機會一定要把握。

9-5　ped＝腳

impediment

【ɪm`pɛdəmənt】

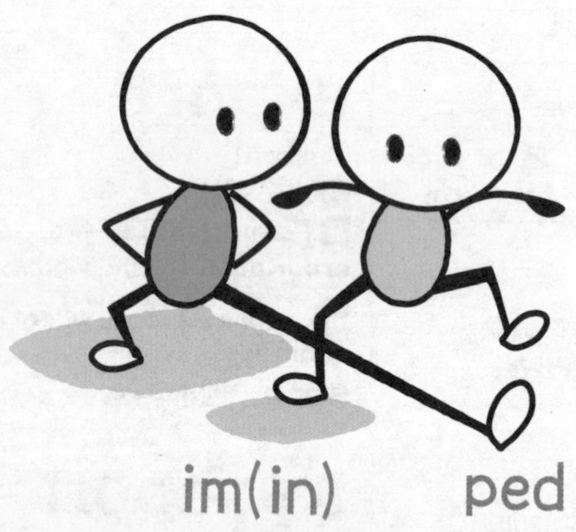

im（裡面）**+ ped(i)**（腳）**+ ment**（名詞化）

➡ 腳放到裡面去妨礙

名 **障礙、妨礙、殘疾**

關聯字彙 ➡ **impede** 動 妨礙、拖延、阻止

The lack of funds is a major impediment to research.
資金不足對研究造成很大的**妨礙**。

Rescue attempts were impeded by the typhoon.
救援計畫因颱風而**延遲**。

語源筆記

腳踏車踏板稱爲「pedal」，蜈蚣有「百（centi）＋腳（pede）」，所以是centipede；足部治療或是修腳指甲就稱爲「pedicure」；「計步器」則是pedometer。

ped(i)（腳）+ gree（鶴）

➡ 像鶴腳的東西

pedigree

【`pɛdə͵gri】

名 家譜、血統、名門世系

Our school has an excellent pedigree.

我們的學校系出名門。

pedestr（徒步）+ ian（人）

➡ 走路的人

pedestrian

【pə`dɛstrɪən】

名 步行者、行人

形 步行的、徒步的

This path is for pedestrians only.

這條路是行人專用。

ex（向外）+ ped(i)（腳）

+ ent（形容詞化）

➡ 掙脫腳鐐

expedient

【ɪk`spidɪənt】

形 方便的、有利的、權宜的

It is expedient that you change the plan.

變更計畫更有利。

ex（外面）+ ped(i)（腳）+ tion（名詞化）

➡ 腳向外跑

expedition

【͵ɛkspɪ`dɪʃən】

名 遠征、探險、考察

They went on an expedition to the South Pole.

他們到南極去探險。

9-6 bar ＝棒、橫木

embarrass

【ɪm`bærəs】

em（裡面）+ bar(rass)（橫放的木頭）

➡ 被橫木所包圍

動 使困窘、使為難、使尷尬

關聯字彙 ➡ embarrassment 名 困惑、不失所措、尷尬

I've never felt so embarrassed in my life!
我這輩子從來沒有這麼**尷尬**過！

He asked me a lot of embarrassing questions.
他問我很多讓人**困窘的**問題。

語源筆記

bar有「法庭」「酒吧」的意思，因爲這些場所都放有橫木。「烤肉(barbecue)」是源於爲了乾燥保存魚或肉類而存放在木箱中之意。庭園造景或是木造建築物的小木屋(barrack)，或是用來阻攔的路障(barricade)也都是來自同樣的語源。

bar(ri)（棒）+ er（物品）

➡ 用木棒做的物品

barrier

【`bærɪr】

名 障礙物、路障

barrier-free 形 無障礙

The fallen tree made a barrier to traffic.

倒下的樹木妨礙交通。

bar(r)（棒）+ el（小）

➡ 木製小箱子

barrel

【`bærəl】

名 大桶、桶（159公升）

Oil prices fell to $80 a barrel.

石油價格降到一桶80美元。

bar(ri)（棒）+ ster（人）

➡ 法庭相關的人

barrister

【`bærɪstɚ】

名（出庭）律師

The barrister acted for Mr. Green at the retrial.

再審時由格林先生擔任出庭律師。

em（裡面）+ bar(go)（棒）

➡ 把棒子放在裡面禁止進入

embargo

【ɪm`bargo】

動 禁運

名 禁運令、禁止買賣

All imports are under embargo.

全面禁止進口。

9-7　co(u)r, cord ＝心

encourage

【ɪn`kɝɪdʒ】

en（裡面）+ cour（心）+ age（狀態）

➡ 讓心靈強壯

動 給予勇氣、鼓勵、激勵

關聯字彙 ➡ encouragement 名 激勵、獎勵

encouraging 形 激勵的、令人鼓舞的

The news encouraged us a great deal.

這個消息讓我們非常振奮。

There're encouraging signs in the economy.

景氣有變好的徵兆。

語源筆記

奧運紀錄（Olympic record）的「紀錄（record）」一字，是源自讓人「再次（re）＋心裡（cord）」回想，轉化為「紀錄」的意思。兩個以上的音調調和感動心靈的「和諧音」英文為accord，而由此產生的樂器則是「手風琴（accordion）」。

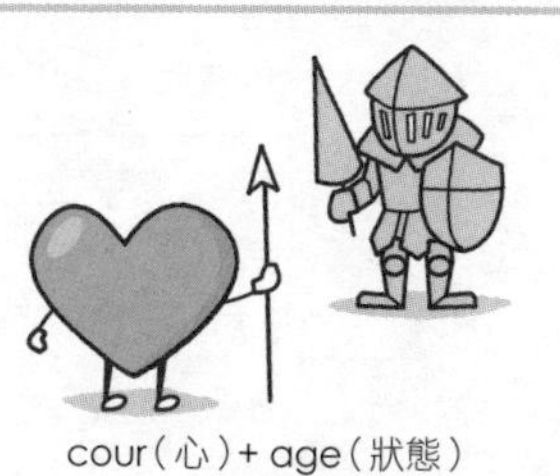

cour（心）+ age（狀態）

➡ 心靈的強度

courage

【ˏkɝɪdʒ】

名 勇氣

courageous 形 勇敢的

He is a man of high courage.

他是非常**勇敢**的男人。

dis（不是）+ courage（勇氣）

➡ 使其沒有勇氣

discourage

【dɪsˋkɝɪdʒ】

動 使沮喪、勸阻

I discouraged him from going on to college.

我**勸阻**他別去上大學。

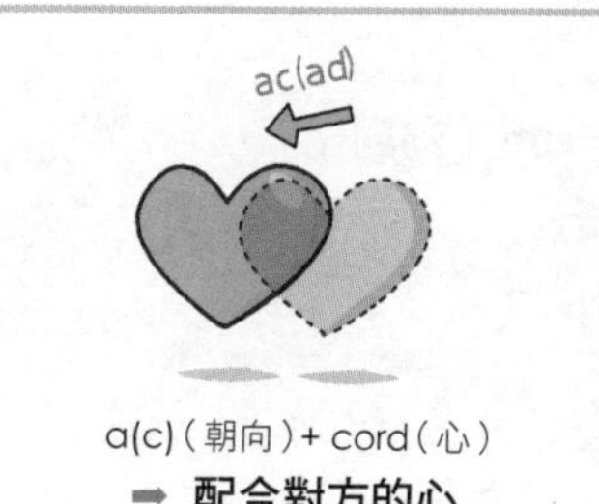

a(c)（朝向）+ cord（心）

➡ 配合對方的心

accord

【əˋkɔrd】

動 一致、調和

名 一致、符合

according 副 一致地、相應地

They reached an accord and avoided war.

他們達成**共識**，避免開戰。

cord（心）+ ial（形容詞化）

➡ 心的

cordial

【ˋkɔrdʒəl】

形 衷心的、誠摯的

We had a cordial welcome at the party.

我們在聚會上受到**誠摯的**歡迎。

9-8 it＝去

initiate

【ɪ`nɪʃɪɪt】

in（裡面）+ it(i)（去）+ ate（動詞化）

➡ 到裡面去

動 開始、新加入

關聯字彙 ➡ initial 形 最初的 名 起首字母

initiative 名 主導權、進取心

I initiated conversation by asking her a question.

我由質問她開始了對話。

Tell me the initial cost.

請告訴我原價。

語源筆記

「拜訪（visit）」是「看見（vis）＋去（it）」組成，所以就是「去看你」「去見你」的意思，而visitor是「拜訪者」「觀光客」之意。

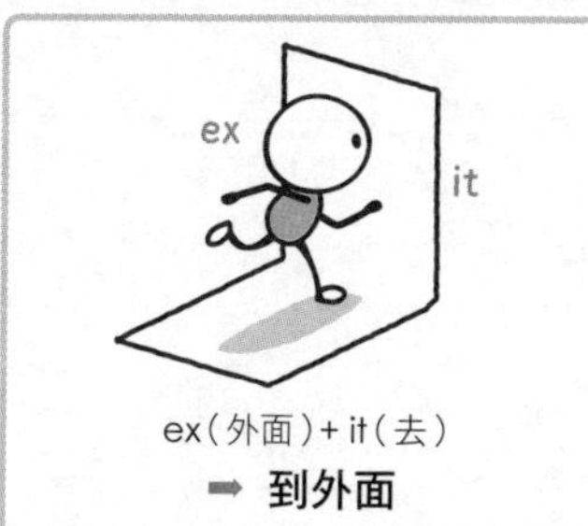

ex（外面）+ it（去）

➡ **到外面**

exit

【`ɛksɪt】

名 出口、退出

動 退出

Use the emergency exit.

請使用緊急出口。

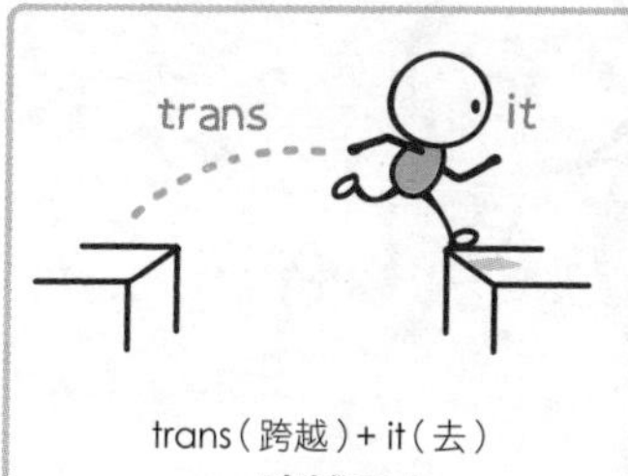

trans（跨越）+ it（去）

➡ **跨越而去**

transit

【`trænsɪt】

名 運輸、通過

動 通過

My baggage was lost in transit.

我的行李在運輸的過程中遺失。

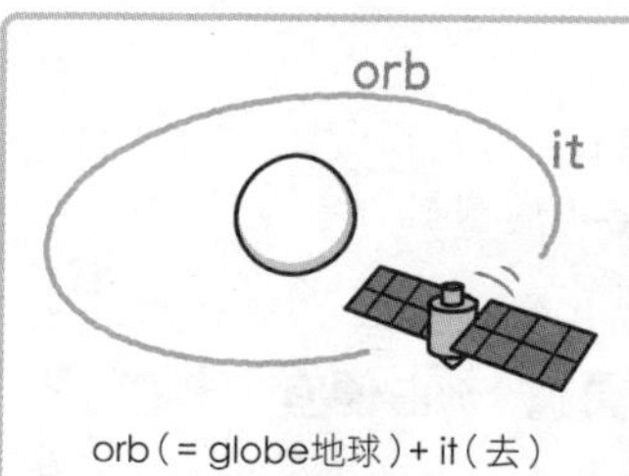

orb（= globe地球）+ it（去）

➡ **環繞地球**

orbit

【`ɔrbɪt】

名 軌道

動 環繞軌道

The space shuttle was out in orbit.

太空梭已進入軌道。

it(iner)（去）+ ary（名詞化）

➡ **去旅行**

itinerary

【aɪ`tɪnə͵rɛrɪ】

名 旅程、旅行計畫

Rome was the first stop on our itinerary.

羅馬是我旅行計畫中第一個目的地。

9-9 pose ＝放置

impose

【ɪm`poz】

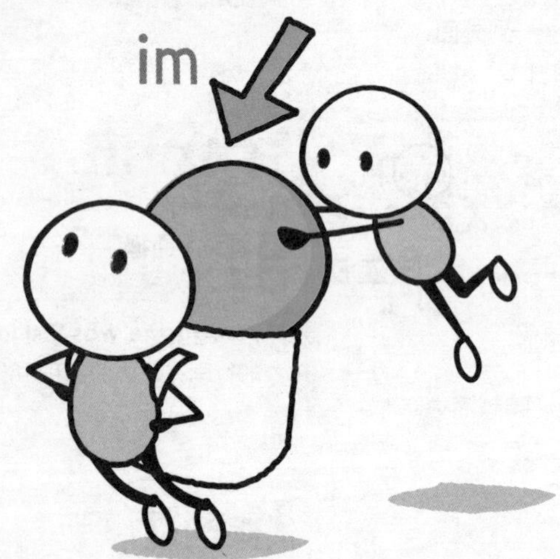

im（上面）+ pose（放置）

➡ 放在上面

動 課徵、強加於人（負擔）、占便宜

關聯字彙 ➡ **imposing 形 壯觀的、給人印象深刻的**

The government imposed a new tax on fuel.
政府對燃料**課徵**新稅。

Don't impose your idea on me.
不要把你的想法**強加**在我身上。

語源筆記

「求婚（propose）」是在對方「面前（pro）＋放置（pose）」結婚的話語，另外還有「提議」或「企畫」的意思。「目的（purpose）」的原意是「前面（pur）＋放置（pose）」。

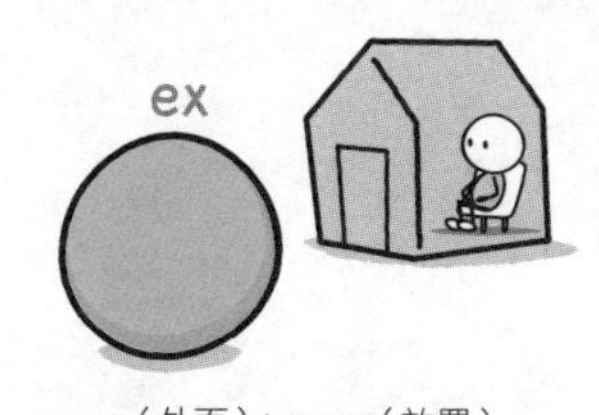

ex（外面）+ pose（放置）

➡ 放在外面看得見的地方

expose

【ɪk`spoz】

動 揭發、暴露

exposure 名 揭發、暴露

Potatoes turn green when exposed to light.

馬鈴薯**暴露**於光線下會變綠。

o(p)（朝向）+ pose（放置）

➡ 放到對面

oppose

【ə`poz】

動 反對、反抗

opposition 名 反對、敵對

opposite 形 反對的、對立的

I'm opposed to the proposal.

我**反對**這個提案。

com（共同）+ pose（放置）

➡ 組合

compose

【kəm`poz】

動 構成、作曲、作詩

composition 名 構成、作曲、配置

composure 名 平靜、沉著

Water is composed of hydrogen and oxygen.

水由氫和氧所**組成**。

sup（下面）+ pose（放置）

➡ 假設

suppose

【sə`poz】

動 猜想、想像

supposing 連 假設～

I suppose he is wrong.

我**猜想**他是錯的。

9-10　struct ＝堆積

instruct

【ɪnˈstrʌkt】

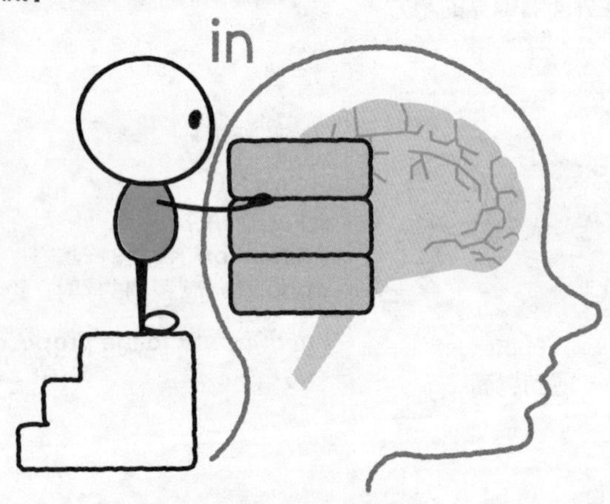

in（上面）+ struct（堆積）

➡ 層層堆積

動 教導、指示

關聯字彙 ➡ instruction 名 教學、教育、指示
instructive 形 教育性的、有啟發性的

She instructed me to take out the garbage.
她**指使**我去倒垃圾。

His lecture is always instructive.
他的課程都很**有啟發性**。

語源筆記

運動的「教練（instructor）」是一邊累積基礎，一邊教育的人。而「重整」restructuring，是從「re（再次）＋struct（堆積）＋ing（事情）」所組成。

con（共同）+ struct（堆積）

➡ 堆積起來

construct

【kən`strʌkt】

動 建設、構成

construction 名 建設、建築物

constructive 形 建設性的、有助益的

This tall building was constructed in 1955.

這棟高樓建設於1955年。

de（分開）+ struct（堆積）+ ive（形容詞化）

➡ 崩塌

destructive

【dɪ`strʌktɪv】

形 破壞性的、有害的

destroy 動 破壞、毀壞

destruction 名 破壞、毀滅

The earthquake was hugely destructive.

這個地震破壞性很大。

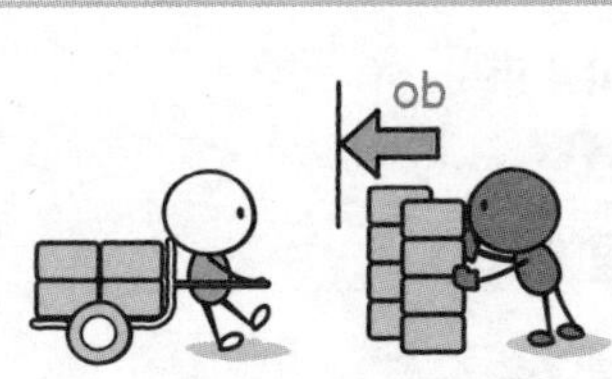

ob（朝向）+ strcut（堆積）

➡ 不得堆積

obstruct

【əb`strʌkt】

動 妨礙、阻止

obstruction 名 障礙、妨礙、阻塞

The tree fell across the road and obstructed traffic.

那棵樹倒在路上妨礙交通。

struct（堆積）+ ure（名詞化）

➡ 堆起來

structure

【`strʌktʃɚ】

名 構造、建築物

The Eiffel Tower is a famous Parisian structure.

艾菲爾鐵塔是巴黎知名的建築物。

9-11 vent ＝來、去

invent

【ɪn`vɛnt】

in（上面）+ vent（來）

➡ 靈光一閃

動 發明、捏造

關聯字彙 ➡ invention 名 發明（物）、創造物
inventive 形 富有創意的、有發明才能的

Who invented the telephone?
發明電話的是誰？

Necessity is the mother of invention.
需要是**發明**之母。

語源筆記

在chapter 1已介紹過「冒險（adventure）」，語源是「ad（朝向）＋vent（去）＋ure（表示狀態的名詞）」，意指「朝向某個目標前進」。vent有「去」和「來」的意思。「活動（event）」是「外面（e）＋跑出來（vent）」。

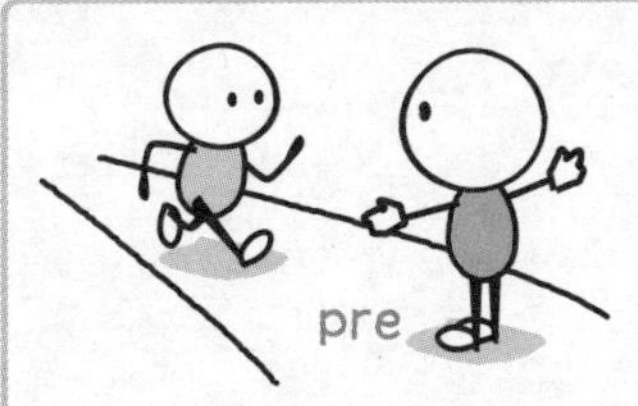

pre（前面）+ vent（來）

➡ 來到前面

prevent

【prɪˋvɛnt】

動 妨礙、防止

prevention 名 妨礙、預防

Snow prevented him from arriving on time.

下雪**阻礙**他（不能）依原訂時間抵達。

con（共同）+ vent（來）+ ion（名詞化）

➡ 大家集合

convention

【kənˋvɛnʃən】

名 集會、會議、習俗

convene 動 召集、集合

The party convention was held in Taipei.

在台北召開黨**大會**。

con（共同）+ ven（來）

+ ient（形容詞化）

➡ 總是一起來

convenient

【kənˋvinjənt】

形 便利的、合宜的

convenience 名 便利、方便

When is it convenient for you?

你什麼時候**方便**？

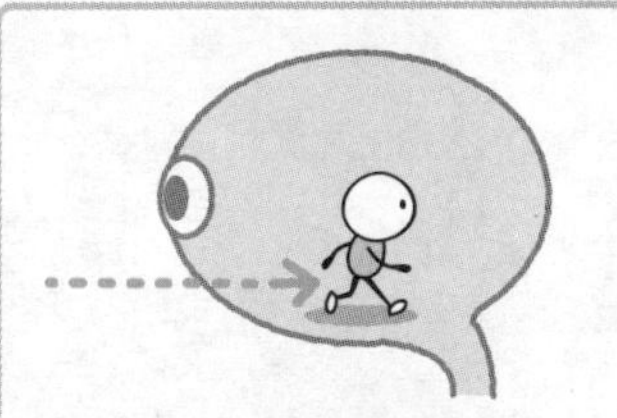

sou（下面）+ ven(ir)（來）

➡ 進入意識

souvenir

【ˋsuvəˏnɪr】

名 紀念品

I bought the knife as a souvenir.

我買了一把刀子當**紀念品**。

Chapter 10

ab-, dis-, se-

（分離、否定、反對）

ab-, dis-, se-

(分離、否定、反對)

在拉丁文中ab是「分離」的意思，接在m, p, v之前用a，若接在c, t之前則為變化為abs。dis除了有「分離」之意，還有「不做」的否定意思。se也是「分離」。

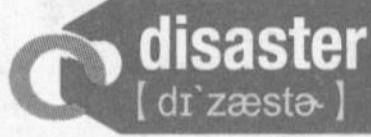

disaster
[dɪˋzæstɚ]

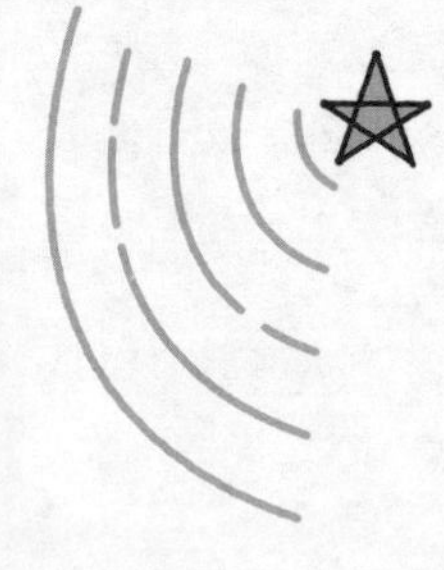

dis（分離）+ **aster**（星）➡ 被星星拋棄

名 災害、災難、不幸

語源筆記

如同「星字號（*）」稱爲asterisk，在拉丁文中aster或astro是表示「星星」。「災害（disaster）」的由來，是出自中世紀的占星術中，被幸運星捨棄就會引起災害。

abnormal
[æbˋnɔrml̩]

「norm」是來自拉丁文的「尺」，具有「標準」「規範」的意思，形容詞的話就是normal（正常）的意思。

ab（離開）+ **normal**（正常的）

➡ 離開正常的

形 異常的、反常的

disease
【dɪ`ziz】

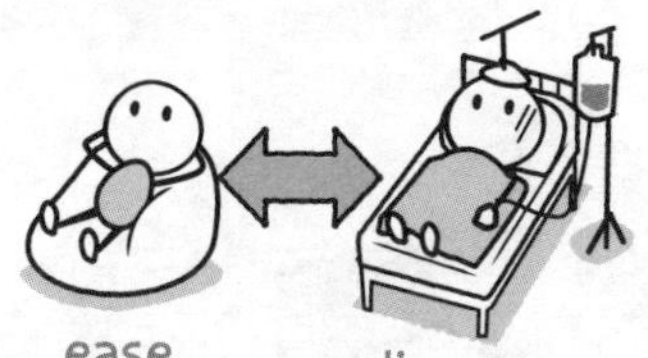

dis（離開）**+ ease**（輕鬆）
➡ 離開輕鬆的狀態
名 疾病

discard
【dɪs`kard】

dis（離開）**+ card**（紙、卡片）
➡ 丟掉卡片
動 拋棄、丟掉

discuss
【dɪ`skʌs】

dis（離開）**+ cuss**（**= squash**敲碎）
➡ 粉碎對方
動 討論關於～

disgust
【dɪs`gʌst】

dis（離開）**+ gust(o)**（味道）
➡ 差到不想嚐味道
名 作嘔、厭惡

abolish
【ə`balɪʃ】

ab（離開）**+ ol(d)**（舊）**+ ish**（動詞化）
➡ 變舊
動 廢除、廢止

absent
【`æbsnt】

ab（離開）**+ sent**（在）
➡ 在別的地方
形 不在場的、不存在的

10-1　use, uti ＝使用

abuse

ab（離開～）+ use（使用）

➡ 離開本來的用途

動【ə`bjuz】濫用、妄用、虐待

名【ə`bjus】濫用、妄用、虐待

The boy had been sexually abused.
那個男孩遭受性**虐待**。

Nixon was accused of the abuse of presidential power.
尼克森總統被控**濫用**職權。

語源筆記

動詞use基本上是「使用」之意；「可以用」「有幫助」是useful；「沒幫助」是useless。改個型態就變成ut，若是「utility room」意指設有暖氣、冰箱、洗衣機、烘乾機等設備的「洗衣間」。

use（使用）+ age（名詞化）
➡ 使用方法

usage

【ˋjusɪdʒ】

名 文法、使用方法、使用量

Gas usage rose by 15 percent.

瓦斯的**使用量**上升了15%。

usu（使用）+ al（形容詞化）
➡ 經常使用（普通的）

usual

【ˋjuʒʊəl】

形 通常的、慣常的

unusual 形 不平常的、稀有的

usually 副 通常地、慣常地

It seemed warmer than usual in the house.

家裡好像比**平常**溫暖。

uti(l)（使用）+ ize（動詞化）
➡ 使用

utilize

【ˋjutḷ͵aɪz】

動 利用

The school building is utilized as a theater.

校舍再**利用**當劇場。

ute(n)（使用）+ sil（物品）
➡ 使用的物品

utensil

【juˋtɛnsḷ】

名 器具、用具

The apartment is equipped with kitchen utensils.

公寓附有廚房**用品**。

10-2 ori, orig, origin ＝誕生、開始

abort

【ə`bɔrt】

ab（從～離開）+ ort（誕生）

➡ 沒有生出來

動 流產、停止成長、中斷

關聯字彙 ➡ abortion 名 流產、墮胎、失敗、發育不全

abortive 形 發育不全的、早產的、失敗的

The disease causes pregnant animals to abort.
這種疾病會導致懷孕中的動物**流產**。

He made an abortive attempt at running for mayor.
他參加市長競選是**失敗的**嘗試。

語源筆記

具有「東洋」之意的Orient，是由「ori（升起）＋ent（來）」所組成，也就是西方人看見太陽升起的地方。同樣的來自東方的光線可以判斷方位，而衍生出「方位（orientation）」和「定向越野賽（orienteering）」。

origin

【ˋɔrədʒɪn】

名 起源、開始、由來

original 形 最初的、獨創性的　名 原文

originality 名 獨創性、新奇

The word is Spanish in origin.

這個單字是起源於西班牙文。

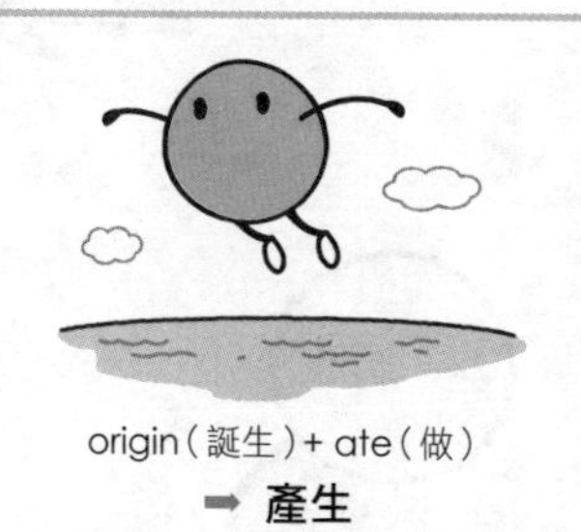

originate

【əˋrɪdʒə͵net】

動 產生、發源

Buddhism originated in India.

佛教發源於印度。

aboriginal

【͵æbəˋrɪdʒənl̩】

形 原住民的、原始的

aborigine 名 原住民

Many aboriginal people live in this area.

有很多原住民居住在此。

orient

【ˋorɪənt】

動 使朝東、使適應、辨識方位

orientation 名 定位、關心、態度

The climbers stopped to orient themselves.

登山者為了辨識方位而停下腳步。

10-3 par, pear ＝看見

disappear

【ˏdɪsə`pɪr】

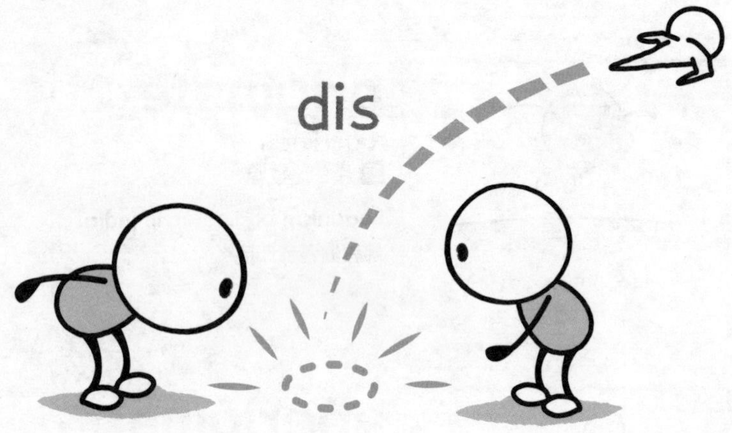

dis（不做）+ appear（出現）

➡ 不出現

動 不見、消失

關聯字彙 ➡ disappearance 名 不見、消失、失蹤

The plane suddenly disappeared from view.
飛機突然**消失**在視線中。

The police are investigating the girl's disappearance.
警察正在調查**失蹤**少女。

語源筆記

「repertory」一字來自於以往劇團的劇目一覽表。而「repertory」的意思就是可經常性上演（演奏）的劇碼或曲目。

a(p)（朝向～）+ pear（看見）

➡ **變得看得見**

appear

【ə`pɪr】

動 出現、看起來像～

appearance 名 樣子、外觀、出現

A big spider appeared from under the sofa.

沙發下面**出現**大蜘蛛。

a(p)（朝向～）+ par（看見）

+ ent（形容詞）

➡ **變得看得見**

apparent

【ə`pærənt】

形 顯而易見的

apparently 副 似乎、顯然地

It was apparent that he was upset.

很明顯的他非常心煩意亂。

trans（跨越）+ par（看見）

+ ent（形容詞化）

➡ **可看穿的**

transparent

【træns`pɛrənt】

形 透明的

transparency 名 透明（度）

The insect's wings are almost transparent.

那種昆蟲的翅膀幾乎是**透明的**。

a(p)（朝向～）+ par(i)（看見）

+ tion（名詞化）

➡ **看得見的東西**

apparition

【͵æpə`rɪʃən】

名 幽靈、亡靈、幻影

He saw an apparition in the church.

他在教堂看見**幽靈**。

10-4 stin(k), stick, stinct ＝刺

distinguish

【dɪ`stɪŋgwɪʃ】

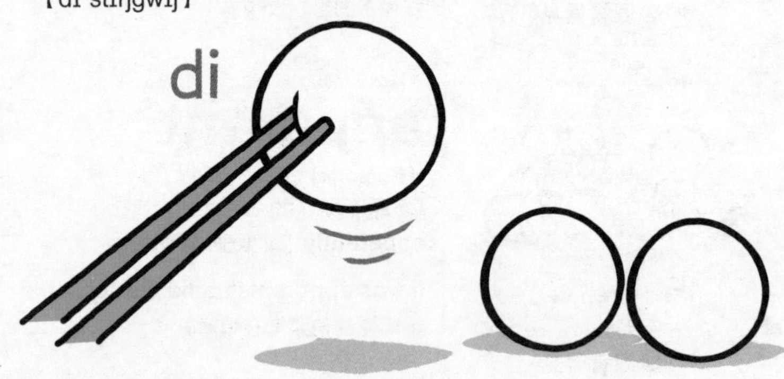

di（分開）+ **sting(u)**（刺）+ **ish**（動詞化）

➡ 個別刺刺看

動 區別、辨識、使顯出特色

關聯字彙 ➡ **distinction** 名 區別、差別、特徵

distinct 形 明顯的、有區別的

My son cannot yet distinguish between right and wrong.

我兒子還不能**明辨**對錯。

The new law makes no distinction between adults and children.

新法沒有**區分**成人和小孩。

語源筆記

ticket有「車票」「入場券」之意，是etiquette去掉e的型態。單字起源於路易14世時代，發行了凡爾賽宮的通行證，貴族們把通行證別在衣服上進出。「棒（stick）」也是來自同樣語源，動詞就是「刺」的意思。

➡ 被尖銳物刺到

sting

【stɪŋ】

動 刺、傷害

名 刺傷

I was stung on the arm by a bee.

我被蜜蜂螫傷。

in（裡面）+ stinct（刺）

➡ 刺進心裡

instinct

【`ɪnstɪŋkt】

名 本能、天性

instinctive 形 天性的、直覺的

A cat's natural instinct is to chase birds.

貓咪有追逐小鳥的天性。

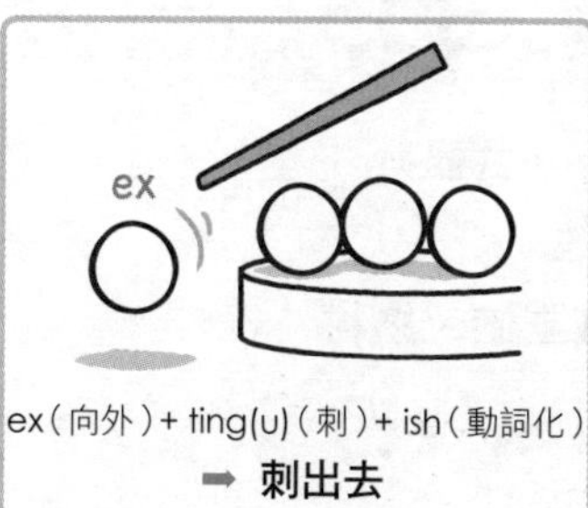

ex（向外）+ ting(u)（刺）+ ish（動詞化）

➡ 刺出去

extinguish

【ɪk`stɪŋgwɪʃ】

動 消失、使消滅

extinction 名 滅絕、消滅

It took a week to extinguish the forest fire.

花了一星期才消滅森林大火。

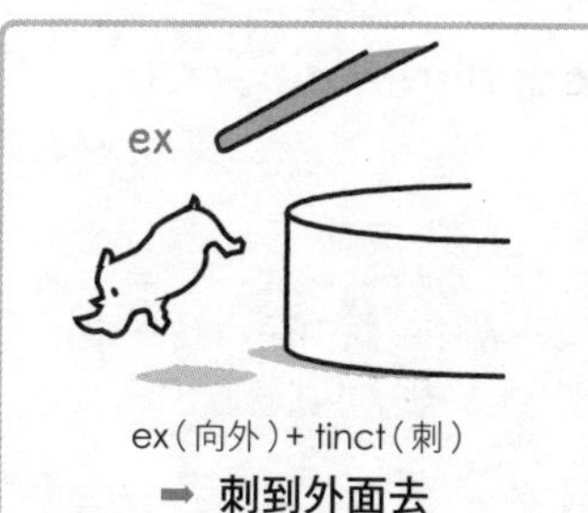

ex（向外）+ tinct（刺）

➡ 刺到外面去

extinct

【ɪk`stɪŋkt】

形 滅絕的、耗盡的

The white rhino is now almost extinct.

現在白犀牛幾乎都滅絕了。

10-5 arm ＝手臂、武器

disarm

【dɪs`arm】

dis（不～）+ arm（武器）

➡ 不武裝

動 解除武裝、裁減軍備、繳械

關聯字彙 ➡ disarmament 名 解除武裝、縮小軍備

The soldier was disarmed and captured.
士兵被**繳械**俘虜。

The politician supported nuclear disarmament.
那位政治人物支持**縮減**核子武器。

語源筆記

「手臂（arm）」或「藝術（art）」所使用的ar，在印歐語中是「接在一起」的意思。arm（手臂）對原始人來說是抵禦敵人的最大「武器」，所以使用複數形arms就變成「武器」的意思。

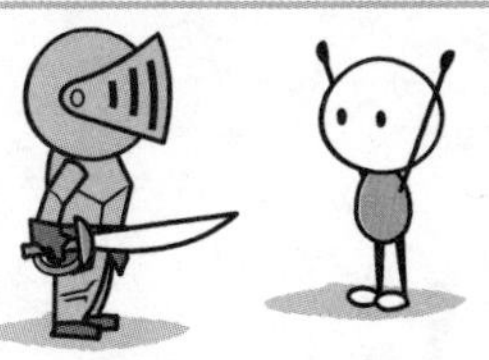

un（不是～）+ arm（武器）
+ ed（被～）
➡ 不拿武器

unarmed

【ʌn`armd】

形 非武裝的、無防備的

The soldiers killed 25 unarmed civilians.

士兵們殺害了25名**無防備的**平民。

arm(a)（武器）+ ment（狀態）
➡ 持有武器的狀態

armament

【`arməmənt】

名 軍備、軍力、兵器

A lot of money was spent on armament.

很多錢都用於**軍備**上。

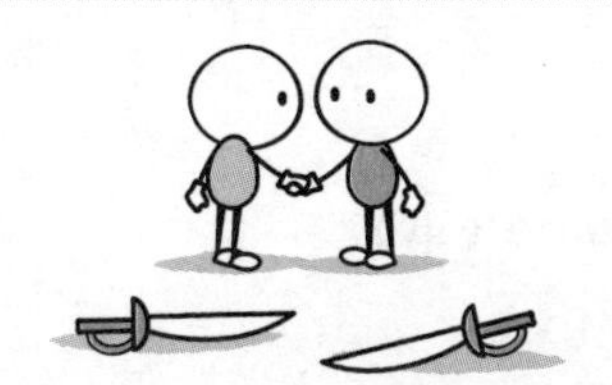

arm(i)（武器）+ stice（停止）
➡ 停止戰爭

armistice

【ɑ`arməstɪs】

名 停戰協定

The two nations signed an armistice.

兩國簽訂**停戰協定**。

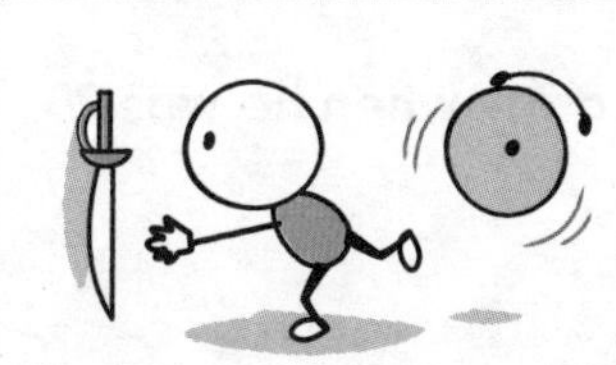

al（朝向～）+ arm（武器）
➡ 拿武器

alarm

【ə`larm】

名 驚慌、警報、鬧鐘

動 使驚慌不安

He set the alarm for 7 o'clock.

他把**鬧鐘**設定為7點。

10-6 car ＝車、跑、運輸

discharge

【dɪs`tʃardʒ】

dis（不是～）+ charge（車）

➡ 從車裡掉下來

動 釋放、解雇、排出、發射

名 解放、排出、發射

His gun accidentally discharged, killing her.
他的槍不小心**發射**殺了她。

He got his discharge from the army when he was 20.
他在20歲時，從陸軍**退伍**。

語源筆記

「車（car）」的原意是運送物品的「二輪馬車」，在超市常見的小型手推車「cart」，或是「木匠（carpenter）」，都是來自於「做馬車的人」。動詞carry原意也是用馬車「運送」。

➡ 車子行進的道路

career

【kə`rɪr】

名 經歷、生涯、職業

He spent most of his career as a lawyer.

他的大半生涯都在當律師。

➡ 把貨物堆在車上

charge

【tʃardʒ】

動 記帳、結帳、充電、突襲

名 費用、經費、責任、管理、充電

Will you charge the bill to my room?

可以記帳在我的房租上嗎?

car(ri)(車)+ age(狀態)

➡ 用車子運送

carriage

【`kærɪdʒ】

名 馬車、運輸、運費

It cost 200 dollars including carriage.

含運費200美元。

carry(運送)+ er(人、物)

➡ 運貨的人

carrier

【`kærɪɚ】

名 貨運公司、運輸車、運送人、病媒

Some mosquitoes are carriers of malaria.

有些蚊子是瘧疾的傳染媒介。

10-7 pare, pair ＝並排、旁邊

separate

se（分開）+ **par**（並排）+ **ate**（動詞化或是形容詞化）

➡ 分離

動【`sɛpə͵ret】**分離、分開、拆散**

形【`sɛprɪt】**單獨的、個別的**

關聯字彙 ➡ **separation** 名 **分離**

Separate the white and yolk of an egg.
將蛋黃和蛋白分開。

Separate checks, please.
請個別結帳。

語源筆記

母親和父親「一對（pair）」都在，就是「雙親（parents）」，這兩個單字都是由具有「並排」字義的字根par而來。排列隊伍前進的遊行（parade）也是相同語源，這個字從並排延伸而有「接近」的寓意。

pre（前面）+ pare（並排）

➡ 事先放在前面

prepare

【prɪ`pɛr】

動 準備、預備

preparation 名 準備、預備

She is busy preparing dinner.

她忙著**準備**晚餐。

com（共同）+ pare（並排）

➡ 排在一起

compare

【kəm`pɛr】

動 比較、比喻、對照

comparison 名 比較、對照

comparative 形 比較的、相對的

comparable 形 可比較的、比得上的

Life is often compared to a voyage.

經常以航海來**比喻**人生。

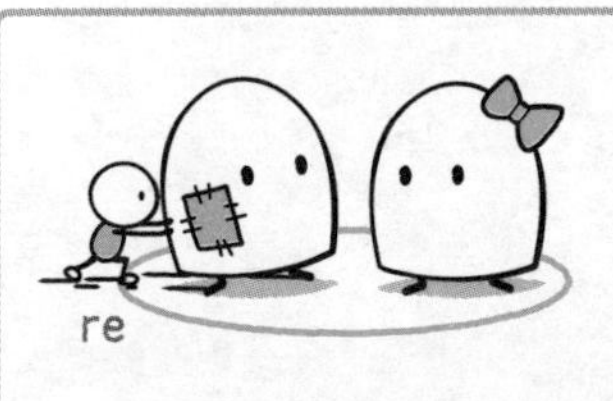

re（再次）+ pair（並排）

➡ 分開之後再度排在一起

repair

【rɪ`pɛr】

動 修理、補救

名 修理、補償

Will you repair this broken toy?

你可以幫我**修理**這個壞掉的玩具嗎？

para（旁邊）+ site（食物）

➡ 在食物旁邊

parasite

【`pærə͵saɪt】

名 寄生蟲

He is a parasite on society.

他是社會的**寄生蟲**。

Chapter 11

un-, im-, in-, a-

（否定）

un-, im-, in-, a-

（否定）

字義為「不是～」的in源於拉丁文，用於b, m, p前面會變成im，如果是l前面則是il，r前面則是ir。a的語源來自希臘文。

un（不是）**+ family**（家人）**+ iar**（形容詞化）

➡ 不是家人

形 不熟悉的、不常見的

語源筆記

「家人（family）」原本的意思是「在家裡供使喚或奴隸」。family的形容詞familiar，因為像家人般互相了解，所以引申為「熟悉」或「精通」之意。

atomic [əˋtamɪk]

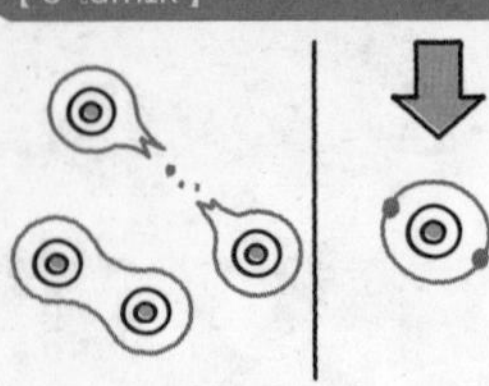

a（不是）**+ tom**（切）**+ ic**（形容詞化）

➡ 不能再切得更小

形 原子的、原子能的

語源筆記

發現原子的時候，就是以沒有比此更小的東西atom「a（沒有）＋tom（切）」來命名。「解剖學」是將「整體（ana）＋切開（tom）」所以是anatomy。

unlimited
[ʌn`lɪmɪtɪd]

un(不是)**+ limit**(界線)
+ ed(形容詞化)
➡ 沒有界線
形 無限制的、無邊無際的

individual
[ˌɪndə`vɪdʒuəl]

in(不是)**+ divide**(劃分)
+ ual(形容詞化)
➡ 分不開
形 個人的、個別的

informal
[ɪn`fɔrml̩]

in(不是)**+ form**(形)**+ al**(形容詞化)
➡ 不是形式的
形 非正式的

impartial
[ɪm`parʃəl]

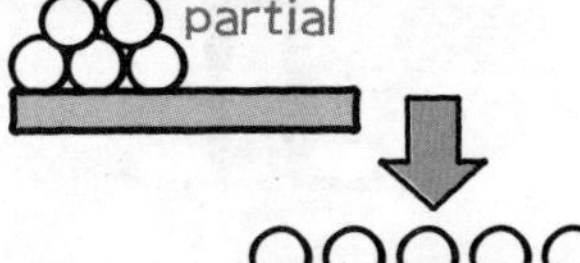

im(不是)**+ partial**(部分的)
→參照**P87**
➡ 不是部分
形 不偏不倚、公平的

immoral
[ɪ`mɔrəl]

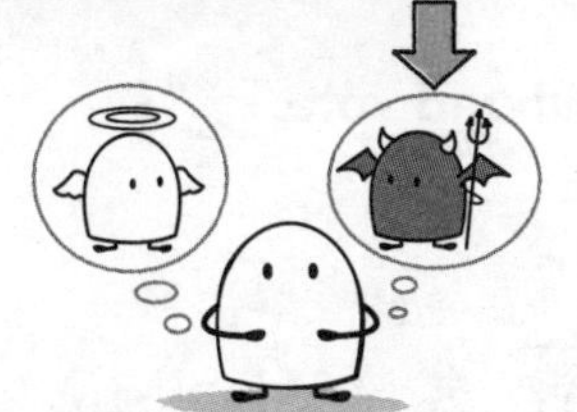

im(不是)**+ moral**(道德的)
➡ 不道德的
形 傷風敗俗的

asymmetry
[e`sɪmɪtrɪ]

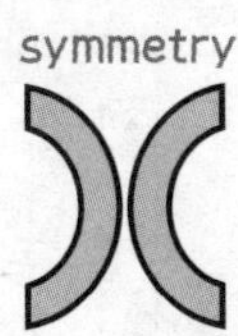

a(不是)**+ symmetry**(對稱)
➡ 不是對稱的
名 不對稱

11-1 path, pass =感覺、痛

apathy

【`æpəθɪ】

a（不是）+ path（感覺）+ y（狀態）

➡ 沒有感覺的狀態

名 無感情、冷淡

關聯字彙 ➡ apathetic 形 無動於衷的、冷淡的

The campaign failed because of public apathy.
這次活動由於民眾**漠不關心**而失敗。

They were too apathetic to go out and vote.
他對政治**冷感**所以沒有去投票。

語源筆記

把自己的心意傳達給遠方的人的能力稱為「心電感應（telepathy）」，心靈深處感觸良多「pathos」是「悲傷」或「感傷」，「百香果（passion fruit）」是「熱情的水果」，這些單字的字根path或pass都有「感受、痛」的意思。

pass（感覺）+ ion（名詞化）

➡ **感覺到東西**

passion

【`pæʃən】

名 激情、熱情

passionate 形 熱情的、激烈的

Her eyes were burning with passion.

她的雙眼充滿熱情。

sym（相同）+ pathe（感覺）+ ize（做）

➡ **有相同的感受**

sympathize

【`sɪmpəˏθaɪz】

動 同情、憐憫

sympathy 名 同情、同情心

I sympathized with the boy when his dog died.

那個少年的狗死掉的時候，我深感同情。

pat(i)（痛苦）+ ent（形容詞化）

➡ **痛苦**

patient

【`peʃənt】

形 有耐心的、能忍受的 名 患者

patience 名 忍耐、耐心、毅力

impatient 形 急躁的、不耐煩的

Our train was late, but we were patient.

電車誤點，我們還是很有耐心的等待。

pass（感覺）+ ive（形容詞化）

➡ **感受到**

passive

【`pæsɪv】

形 被動的、消極的

He took a passive attitude toward the proposal.

他對提案採取消極的態度。

11-2 nom, name ＝名字

anonymous

【ə`nanəməs】

a（不是）+ nonym（名字）+ ous（形容詞化）

➡ 沒有名字

形 匿名的、沒有名字的

關聯字彙 ➡ anonymity 名 匿名（性）、無名氏

$50,000 was given to the charity by an anonymous donor.
慈善團體收到5萬美元**匿名的**捐款。

He agreed to speak on condition of anonymity.
在**匿名**條件下他同意開口。

語源筆記

nonym的意思是「名字」，加上有「反對」意思的字首anti，antonym就成了「反義字」。nonym加上表示「相同」的字首syn，就成了「同義字」synonym。

nomin（名字）+ ate（做）
➡ 命名

nominate

【ˋnaməˏnet】

動 指定、提名、任命

nominee 名 被提名人、被任命者

The party nominated him for President.

該黨提名他當總統。

nomin（名字）+ al（形容詞化）
➡ 名稱上

nominal

【ˋnamənl̩】

形 名義上的、有名無實的、微不足道的

He got it for a nominal amount of money.

他用微不足道的價格買進該物品。

de（分開）+ nomin（名字）+ ate（做）
➡ 發表名字

denominate

【dɪˋnaməˏnet】

動 命名、稱之為

denomination 名 名稱、單位名、教派

The loan is denominated in US dollars.

貸款是以美金為單位。

re（再次）+ nown（名字）
➡ 名字被叫好幾次

renown

【rɪˋnaʊn】

名 有名、名聲、聲望

renowned 形 有名的、有名望的

She won renown as a fair judge.

她以公正的法官贏得好名聲。

11-3 tact, tang ＝碰觸

intangible

【ɪn`tændʒəbḷ】

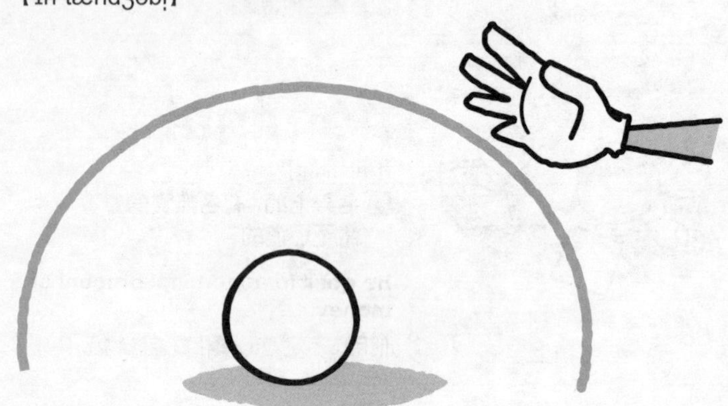

in（不是）+ tang（碰觸）+ ible（可以）

➡ 不可以碰

形 觸摸不到的、無實體的、無形的

名 觸摸不到的東西、無形資產、（商業上）信用

關聯字彙 ➡ tangible 形 可以觸摸到、明確的

The dance is designated as intangible cultural property.

這種舞蹈被指定為**無形的**文化財。

Tangible assets include cash, real estate and machinery.

有形的資產包含現金、不動產、機械設備等。

語源筆記

有「接觸」「聯繫」之意的「contact」，原意是「con（共同）＋tact（接觸）」。數學用語「切線（tangent）」則是「接線」或「正切」的意思。

➡ 用手巧妙操作

tact

【tækt】

名 老練、機智

tactful 形 機智的、圓滑的

tactics 名 戰術、策略

Tact is one of his strong points.

機智是他的優點之一。

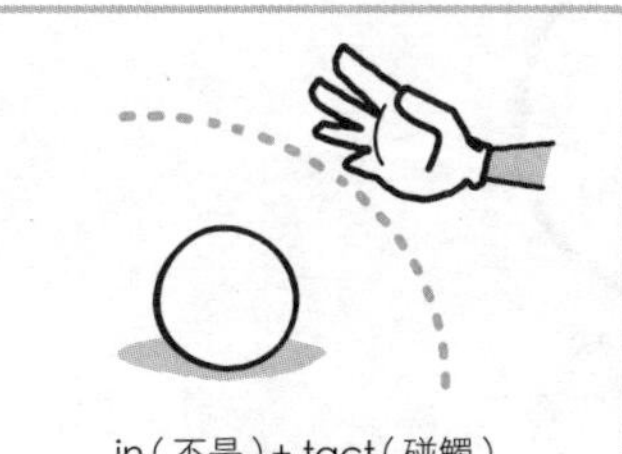

in（不是）+ tact（碰觸）

➡ 沒有被碰觸

intact

【ɪn`tækt】

形 未受損傷的、完整無缺的、原封不動的

Despite the earthquake, his house was intact.

雖然歷經地震，但是他的房子完整無缺。

con（共同）+ tag(i)（碰觸）+ ous（形容詞化）

➡ 互相接觸

contagious

【kən`tedʒəs】

形 傳染性的

contagion 名 接觸傳染、傳染病

Chicken pox is a highly contagious disease.

水痘是傳染性非常強的疾病。

con（共同）+ tamin（碰觸）+ ate（做）

➡ 互相碰觸

contaminate

【kən`tæmə͵net】

動 汙染、受到不良的影響

contamination 名 汙染、不良影響

The soil has become contaminated.

土壤受到汙染。

11-4 fa ＝說話

infant

【ˋɪnfənt】

in（不是）+ fa（說話）+ ant（人）

➡ 不會說話的人

名 幼兒、嬰兒、未成年　形 幼兒的、初期的

關聯字彙 ➡ infancy 名 幼兒期、初期

His parents both died when he was an infant.
他還是個**幼兒**時，雙親就過世了。

Bird research on the island is still in its infancy.
有關這座島鳥類的調查現在還處於**初期階段**。

語源筆記

infant的字根fant是fam的變體，代表to speak「說話」，加上否定的in，就是不會說話的人＝嬰兒。源自古法文的「fame」，有奔相走告傳頌的意思，當愈多人談論時，知名度就愈高，也就是famous，表示「有名的」。

fa（說話）+ ble（反覆）

➡ 重複說好幾次

fable

【`febḷ】

名 寓言、傳說

How many Aesop's fables have you read?

你讀過幾則伊索的**寓言**？

in（不是）+ famous（有名的）

➡ 不有名

infamous

【`ɪnfəməs】

形 聲名狼藉的、無恥的

The criminal was infamous for his brutality.

這個犯人以殘忍而**聲名狼藉**。

fat（說話）+ al（形容詞化）

➡ 神的告知

fatal

【`fetḷ】

形 命定的、決定性的、致命的

fate 名 命運、天命

fatality 名 死者、宿命、致命

She suffered a fatal injury to the neck.

她的脖子有**致命性**的傷。

pro（前面）+ phet（說話）

➡ 事前說

prophet

【`prafɪt】

名 預言家、先知

prophecy 名 預言、預言能力

prophesy 動 預言、預告

Their religion is founded on the words of the prophet.

他們的宗教就是以**預言家**的預言為本。

11-5 mid, med(i) ＝中間

immediate

【ɪ`midɪɪt】

im（不是）+ **med(i)**（中間）+ **ate**（形容詞化）

➡ 沒有東西在中間

形 **立即的、直接的、當前的**

關聯字彙 ➡ **immediately** 副 立刻、馬上、緊接地

He gave me an immediate reply to my letter.
他**立即**就回信給我了。

He went home immediately after he heard the news.
他聽到那則新聞之後**立刻**就回家了。

語源筆記

牛排熟度的五分熟（medium），「中年男子」的middle-aged man，以及「午夜」的midnight，新聞、雜誌、電視、廣播等「媒體」的media，其中med、mid都有「中間」的意思。

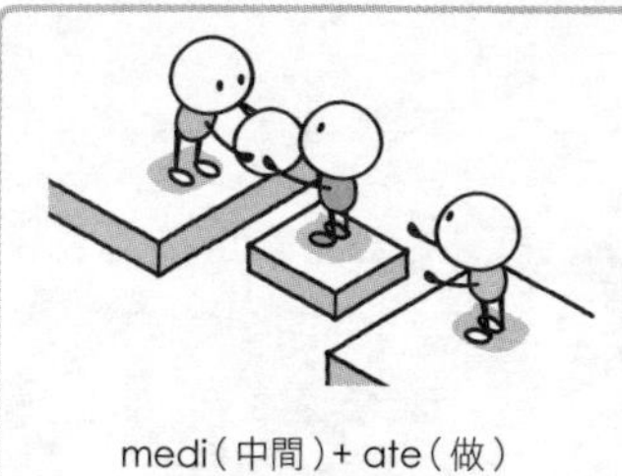

medi（中間）+ ate（做）

➡ 放在中間

mediate

【`midɪˌet】

動 斡旋、調停

mediation 名 調停、斡旋

The President agreed to mediate the peace talks.

總統同意斡旋和平會談。

inter（在～之間）+ medi（中間）+ ate（形容詞化）

➡ 放進中間

intermediate

【ˌɪntɚ`midɪət】

形 中間的、中級的

名 中間人

I'm in the intermediate class.

我的程度是中級。

medi（中間）+ ev（年）+ al（形容詞化）

➡ 中間的時代

medieval

【ˌmɪdɪ`ivəl】

形 中世紀的、中古風的

Medieval times lasted about 1,000 years.

中世紀持續約一千年。

Medi（中間）+ terran（土地）+ ean（形容詞）

➡ 在大陸中間

Mediterranean

【ˌmɛdətə`renɪən】

形 地中海的

名 地中海

He lives on a small island in the Mediterranean.

他住在地中海的一個小島上。

11-6 reg, roy＝王、支配

irregular

【ɪ`rɛgjələ-】

ir（不是）+ reg（規則）+ lar（形容詞化）

➡ 不規則的

形 **不規則的、不穩定的**

關聯字彙 ➡ **regular** 形 規則的、定期的、正式的

The heartbeat was feeble and irregular.
心跳微弱且**不規則**。

I take regular exercise every morning.
我每天早上都很**規律的**運動。

語源筆記

「法則（rule）」和規則的regular相同語源，原意是「國王訂定的規矩」。「王室（royal family）」的royal也使用相同字根。

regul（規則的）+ ate（做）

➡ 使其有規則

regulate

【ˋrɛgjə͵let】

動 控制、調校

regulation 名 規則、規定、調整

You should regulate your diet.

你應該要**調整**你的飲食習慣。

➡ 國王統治

reign

【ren】

動 統治、支配

名 統治（期間）、在位期間

The Queen reigned from 1837 to 1901.

女王**在位期間**自1837到1901年。

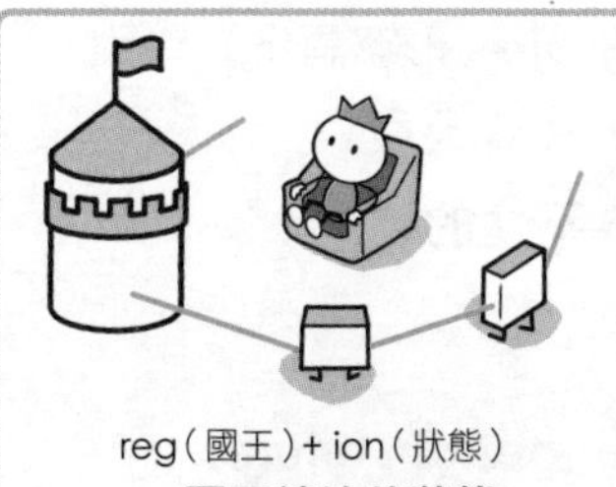

reg（國王）+ ion（狀態）

➡ 國王統治的狀態

region

【ˋridʒən】

名 地區、地方

regional 形 地區的、局部的

They have much snow in the northeast region.

東北**地區**多降雪。

➡ 法文「舊制」是 ancien régime

regime

【rɪˋʒim】

名 政權、政體

The military regime recognized the elections.

軍事**政權**認同這次選舉。

11-7 cert, cri ＝篩選

uncertain

【ʌn`sɝtn】

un（不是）**+ cert**（篩選）**+ ain**（形容詞化）

➡（「無法篩選」）無法決定

形 不確定的、靠不住的

關聯字彙 ➡ **certain** 形 確定的、可靠的

The company faces a highly uncertain future.

社會正面對非常**不確定**的未來。

It is certain that there will be a big earthquake in the near future.

最近**確定**會發生大地震。

語源筆記

「音樂會（concert）」由「con（共同）＋cert（篩選）」組成，是將每個音篩選後共鳴、調和演奏出來。「secret」也是由「se（分開）＋cret（篩選）」組成，在避人耳目的地方篩選東西，也就是「秘密」的意思。「犯罪（crime）」的由來是法官判斷後決定之意。

cert（確實）+ ify（做）

➡ 做確定的事

certify

【`sɝtə͵faɪ】

動 證明、保證、給予執照

certificate 名 證明、執照

She was certified as a teacher in 2000.

她在2000年取得教師執照。

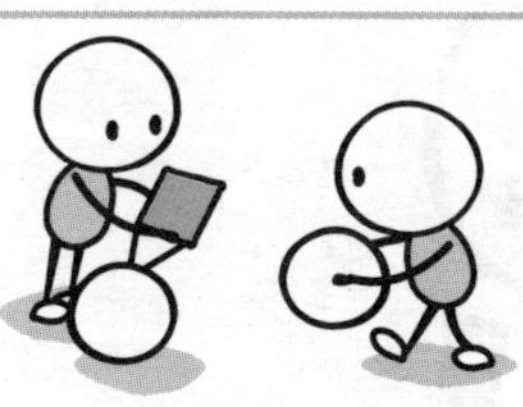

a(s)（朝向～）+ certain（確實）

➡ 做確定的事

ascertain

【͵æsɚ`ten】

動 確定、查明

The police ascertained the facts.

警察確認了實際狀況。

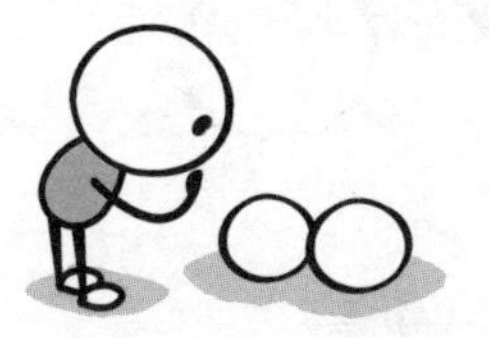

con（共同）+ cern（篩選）

➡ （從「篩選」轉化）關心

concern

【kən`sɝn】

動 關係、使擔心、涉及

名 關心的事、擔心、關係

concerning 介 ～相關

This matter doesn't concern me.

我跟這件事沒關係。

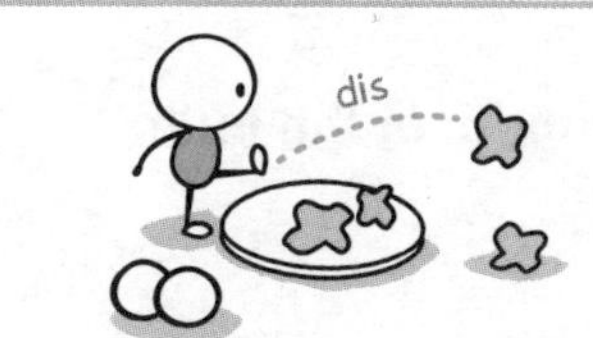

dis（分開）+ crimin（篩選）+ ate（做）

➡ 篩選後分開

discriminate

【dɪ`skrɪmə͵net】

動 區別、辨別

discrimination 名 區別、辨別、辨識力

When do babies learn to discriminate voices?

嬰兒多大時可以辨別聲音？

11-8 cover＝覆蓋

uncover

【ʌn`kʌvɚ】

un（不是）+ cover（覆蓋）

➡ 沒有覆蓋

動 揭露、打開蓋子

A search of their luggage uncovered two pistols.
檢查他們的行李時**發現**2把手槍。

It's the press's responsibility to uncover the truth.
揭發事實是新聞的責任。

語源筆記

書本的「封面」或「遮蓋」物品都是「cover」，這是由加強語氣的字首co和over所組合而成，原意是「完全覆蓋」。

dis（不是）+ cover（覆蓋）

➡ 把蓋子拿掉

discover

【dɪsˋkʌvɚ】

動 發現、找到

discovery 名 發現

He was discovered hiding in a shed.

他被**發現**躲在小屋子裡。

re（再次）+ cover（覆蓋）

➡ 將破損的地方再次覆蓋

recover

【rɪˋkʌvɚ】

動 恢復、重新獲得

recovery 名 恢復、康復、復元

The doctor said she would recover quickly.

醫生說她很快就可以**復元**。

cur(= cover)（覆蓋）+ few(= fire)（火）

➡ （由「用火覆蓋」引申）滅火

curfew

【ˋkɝfju】

名 門禁、宵禁

Get back before curfew.

在**門禁**時間前回家。

cover（覆蓋）+ t（被～）

➡ 被覆蓋

covert

【ˋkʌvɚt】

形 隱蔽的、暗地的

名 隱蔽的場所

covertly 副 悄悄地、暗中

She watched him covertly in the mirror.

她從鏡子**偷偷地**看他。

Chapter 12

mono-, uni-, bi-, du-, tri-, multi-

(數)

mono-, uni-, bi-, du-, tri-, multi-

（數）

表示數量的字首有以下幾個：
mono/uni（1）、bi/du（2）、tri（3）、multi（很多）。

monocycle
［ˋmɑnəˏsaɪkl］

mono（1個）**+ cycle**（輪子）➡ 1個輪子
名 獨輪車

語源筆記

mono是希臘文的「1」，與表示「輪形」「圓形」的cycle組合就是monocycle獨輪車。同樣的「二輪車」就是bicycle，三輪車是tricycle。

unique
［juˋnik］

uni（1個）**+ que**（形容詞化）
➡ 只有1個
形 獨特的、獨一無二的

語源筆記

拉丁文的「1」uni加上形容詞化的字尾que就成了unique「獨特的」（從只有1個轉化而來）。其他還有unicorn是「獨角獸」、uniform是「制服」。

monochrome
【 `manə͵krom 】

mono（1個）**+ chrome**（顏色）
➡ 1種顏色
形 黑白的、單色的　**名** 黑白照片

monologue
【 `manḷ͵ɔg 】

mono（1個人）**+ logue**（說話）
➡ 1個人說話
名 獨白、獨角戲

unison
【 `junəsn 】

uni（1個）**+ son**（聲音）
➡ 1種聲音
名 異口同聲、一致、和諧

bilingual
【 baɪ`lɪŋgwəl 】

bi（2個）**+ ling**（舌）**+ ual**（形容詞化）
➡ 2種語言
形 雙語的

dubious
【 `djubɪəs 】

du(double)（1個）**+ ious**（形容詞化）
➡ 有2個心
形 半信半疑的、含糊的

triple
【 `tripḷ 】

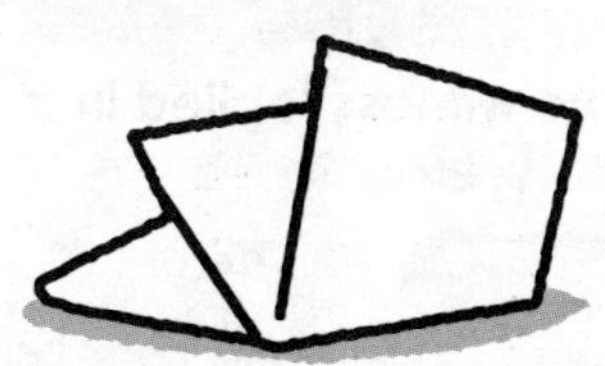

tri（3個）**+ ple**（重疊）
➡ 重疊3個
形 三倍的、三重的、三方的

12-1 ton, tun ＝音

monotonous

【mə`natənəs】

mono（1個）+ ton（音、雷）+ ous（形容詞化）

➡ 只有1個音

形 單調的、無變化的、無聊的

關聯字彙 ➡ monotone 名 單調

The teacher's low monotonous voice almost put me to sleep.

老師**單調的**聲音讓我昏昏欲睡。

The witness replied in a monotone.

證人以**生硬**的口吻回答。

語源筆記

「音色」「腔調」是tone，聲音「抑揚頓挫」則是intonation。tone的原意是「聲音的擴大」，聲音大就會充滿緊張感。生髮水（tonic）是刺激頭髮生長，也有「強壯劑」「滋補品」的意思。

as(外面)+ton(聲音)+ish(做)

➡ 被打雷聲嚇一跳

astonish

【ə`stanɪʃ】

動 使驚嚇、使吃驚

astonishing 形 令人驚訝的

astonishment 名 吃驚、驚愕

I was astonished at her fluent English.

我對她一口流利的英文很吃驚。

as(外面)+toun(d)(音)

➡ 被打雷聲嚇一跳

astound

【ə`staʊnd】

動 使震驚、使嚇破膽

astounding 形 使震驚的、令人驚奇的

He was astounded by her arrogance.

她的傲慢讓他震驚不已。

➡ astonish的簡略型

stun

【stʌn】

動 使昏迷、使驚嘆

The animals are stunned before slaughter.

動物在被殺之前已經昏迷。

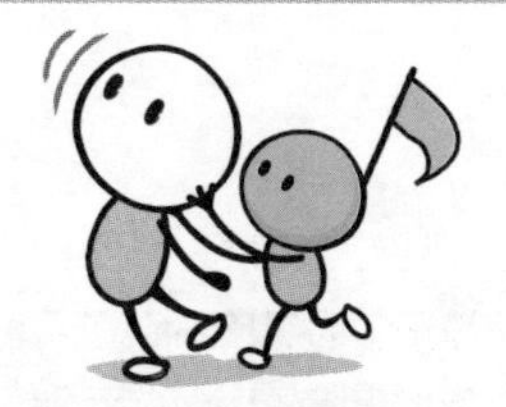

ton(音)+ic(形容詞化)

➡ 給予聲音刺激

tonic

【`tanɪk】

形 使人精神振奮的

名 生髮水、補藥

The cool autumn air has a tonic effect.

秋天涼爽的空氣讓人精神一振。

12-2 vers(e) ＝轉、朝向

universal

【ˌjunəˋvɝsḷ】

uni（1個）+ vers（轉）+ al（形容詞化）

➡ 融為一體旋轉

形 全體的、普遍的、共通的

關聯字彙 ➡ universe 名 宇宙、全世界、全人類

Poverty is a universal problem all over the world.
貧困是世界**共通的**問題。

The universe is infinite.
宇宙浩瀚無垠。

語源筆記

「大學（university）」是教授與學生合爲一體學習的場所；而正反面都可以用的是「雙面布料（reversible）」。巨人隊對老虎隊是Giants vs Tigers，這裡的vs是versus（對）的意思。

con（共同）+ verse（轉）

➡ 互相說話

converse

【kən`vɝs】

動 交談、對話

conversation 名 會話、談話

They conversed about politics.

他們在談論政治。

di（分開）+ verse（轉）

➡ 轉到各個地方

diverse

【daɪ`vɝs】

形 互異的、多樣化的

diversity 名 不同點、差異、多樣性

Diverse opinions were exchanged there.

在那裡進行各種意見交換。

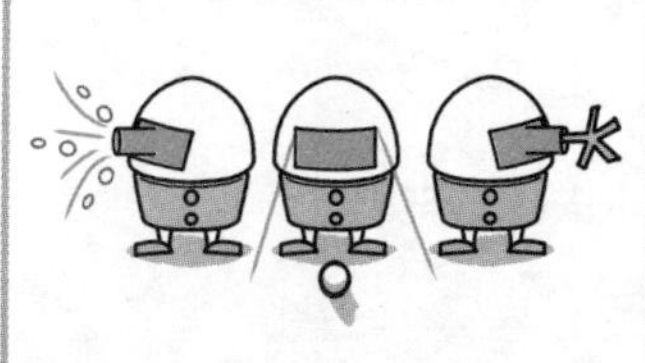

vers（轉）+ at（被～）+ ile（好做）

➡ 容易被轉

versatile

【`vɝsətḷ】

形 多才多藝的、多功能的

Few foods are as versatile as cheese.

幾乎沒有食材像起司一般用途廣泛。

ad（朝向～）+ verse（轉）

➡ 轉方向

adverse

【æd`vɝs】

形 相反的、有害的、不利的

adversary 名 敵對者、敵人、對手

His opinion was adverse to mine.

他的意見與我的正好相反。

12-3 ann(i), enn(i) ＝年

biennial

【baɪ`ɛnɪəl】

bi（2個）+ enn（年）+ ial（形容詞化）

➡ 每2年

形 2 年一次的

關聯字彙 ➡ biennially 副 2年1次地

Biennial national surveys have been conducted since then.
自此以來國家每2年實施一次調查。

The conference will be held biennially.
會議每2年一次被舉辦。

語源筆記

表示「紀元」的A.D.是來自拉丁文的Anno Domini（在主之年）。ann有「年」的意思，「紀念日（anniversary）」的原意是1年來臨1次的「慶祝日、紀念日」。

ann(i)（年）+ vers（轉）+ ary（總稱）

➡ 1年循環1次

anniversary

【ˌænəˋvɝsərɪ】

名（週年）紀念日、紀念活動

We celebrated our 10th wedding anniversary last night.

我們昨晚慶祝**結婚10週年**。

ann（年）+ ual（形容詞化）

➡ 每1年的

annual

【ˋænjʊəl】

形 每年1次、每年的

名 年鑑、年報

annually 副 每1年度、每年

His annual income is about $500,000.

他的**年收入**約50萬美元。

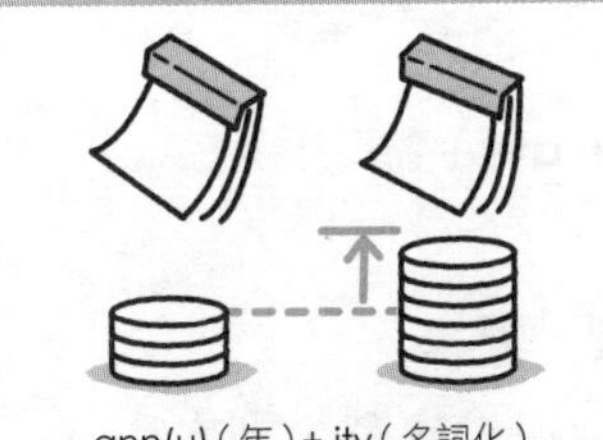

ann(u)（年）+ ity（名詞化）

➡ 1年能拿到的東西

annuity

【əˋnjuətɪ】

名 年金、年金保險

The annuity lets her travel.

她的**年金**可以拿來旅行。

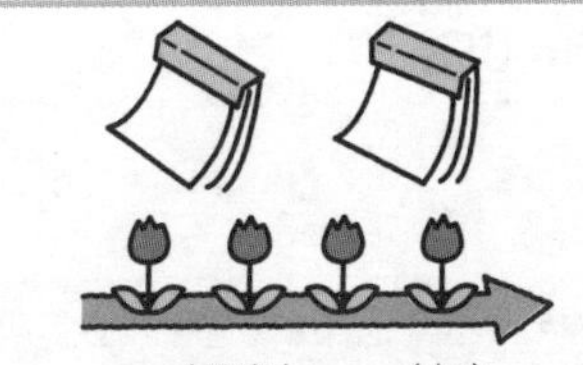

per（貫穿）+ enn（年）

+ ial（形容詞化）

➡ 貫穿整年的

perennial

【pəˋrɛnɪəl】

形 終年的、常年的

名 多年生植物

Mickey Mouse remains a perennial favorite.

米奇**長年**受到人們喜愛。

12-4 ple, plic, ply, ploy＝重疊

duplicate

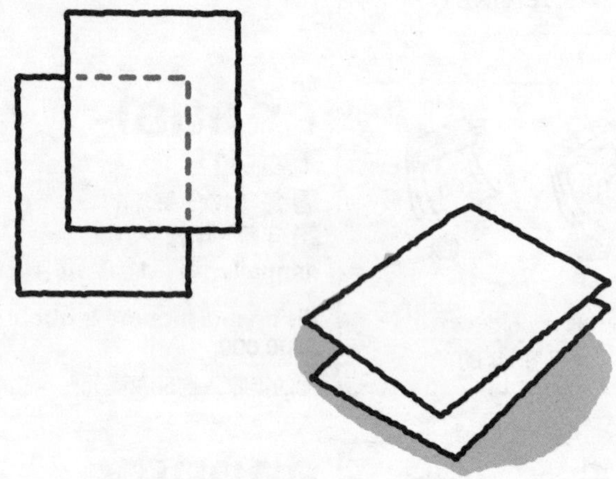

du（2次）+ plic（重疊）+ ate（動詞化）

➡ 反覆

動【`djupləˌket】複製、重複

形【`djupləkɪt】複製的　名【`djupləkɪt】複製、副本

You should never duplicate the same error.
同樣的錯絕不要**重犯**。

I'd better keep duplicate files on USB.
我應該用USB儲存**副本**比較好。

語源筆記

「拼布（applique）」是指將布料一部分剪掉，再用其他布料縫補、貼補上去的技法，字根pli和ply同樣具有「重疊」或「折疊」的意思。與原物疊合製作的「複製品（replica）」也是由「re（再次）＋pli（重疊）」組成。

em（裡面）+ ploy（摺疊）

➡ 包進裡面

employ

【ɪm`plɔɪ】

動 雇用、使用

employee 名 從業員工、雇員

employment 名 雇用、工作

unemployment 名 失業

This factory employs over 5,000 people.

工廠雇用5000名以上的員工。

de（不是）+ ploy（摺疊）

➡ 不要折疊

deploy

【dɪ`plɔɪ】

動 配備、配置、使展開

deployment 名 配置、調度

NATO is deploying ground troops.

北約組織配置有地面部隊。

dis（不是）+ play（摺疊）

➡ 不要折疊

display

【dɪ`sple】

動 陳列、展示

名 陳列、展示品

My painting is displayed in this museum.

我的畫在這間美術館裡展出。

di（2個）+ ploma（對折的東西）+ tic（有……性質）

➡ **以前的畢業證書會對折，diploma就轉化為「畢業證書」或「公文」的意思**

diplomatic

【ˌdɪplə`mætɪk】

形 外交上的、圓滑的

diplomat 名 外交官、處世圓滑的人

Both countries established diplomatic relations.

兩國建立外交關係。

12-5 via, vey, voy＝道路

trivial

【`trɪvɪəl】

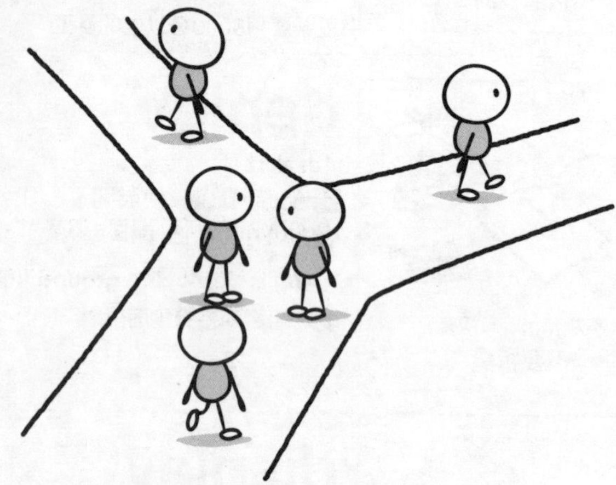

tri（3個）**+ via**（道路）**+ al**（形容詞化）

➡ 三岔路

形 **瑣碎的、淺薄的、不重要的**

關聯字彙 ➡ **trivia** 名 瑣事、雜事

triviality 名 瑣事、平凡、輕浮

She often loses her temper over trivial matters.
她經常為**瑣事**大發雷霆。

This magazine is full of trivia and gossip.
這本雜誌都是**瑣事**和八卦。

語源筆記

「道路（way）」來自於拉丁文via。「三岔路（trivia）」就是「3個（tri=3）＋via（道路）」組成，因爲有很多人聚集，所以引申爲「平庸」或「無聊」的意思。

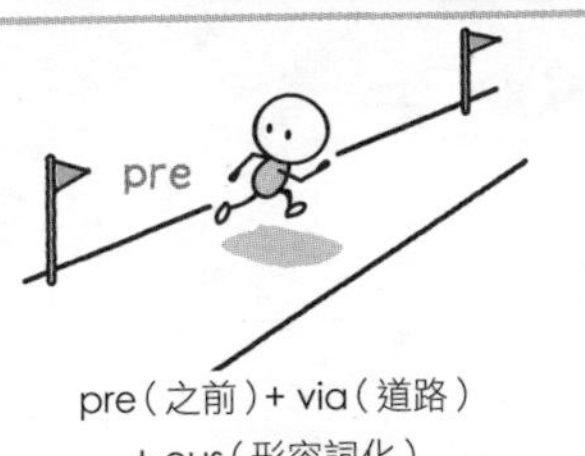

pre（之前）+ via（道路）
+ ous（形容詞化）
➡ 之前就通過

previous

【ˋpriviəs】

形 在先的、以前的

previously 副 以前、事先

I have a previous appointment.

我已經先預約了。

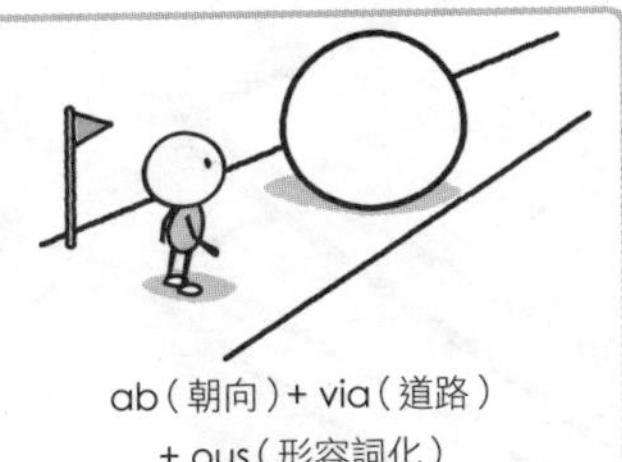

ab（朝向）+ via（道路）
+ ous（形容詞化）
➡ 擋道

obvious

【ˋabvɪəs】

形 明顯的、顯著的

obviously 副 明顯地、顯然地

It's obvious that nothing is wrong.

很明顯的沒有任何問題。

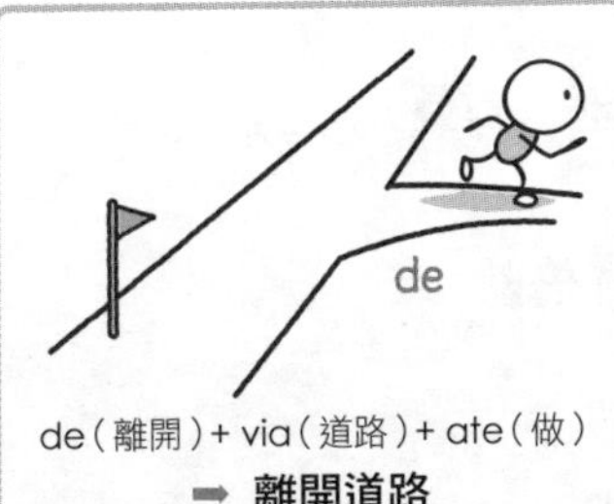

de（離開）+ via（道路）+ ate（做）
➡ 離開道路

deviate

【ˋdivɪˌet】

動 脫離、脫軌

devious 形 迂迴的、狡詐的

deviation 名 偏離、越軌

The plane deviated from its normal flight path.

飛機脫離正常飛行航道。

con（共同）+ vey（道路）
➡ 走同樣的道路

convey

【kənˋve】

動 傳播、運送

conveyance 名 搬運、傳達

The blood is conveyed to the heart from the veins.

血液由靜脈送入心臟。

12-6 ple, pli, ply, ploy＝重疊

multiple

【ˋmʌltəpḷ】

multi（多數的）+ **ple**（重疊）

➡ 多數重疊

形 複合的　名 倍數

關聯字彙 ➡ **multiply** 動 乘法、增加
multiplicity 名 重複、多樣性

6 is a common multiple of 2 and 3.
6是2和3的**公倍數**。

When did you learn to multiply?
你什麼時候學會**乘法**？

語源筆記

simple「sim（1個）＋ple（重疊）」就是只重疊一次，所以是「單純的」；triple是重疊3次，所以是「3倍」。complicated「com（共同）＋pli（重疊）」是一起重覆摺疊，所以是「複雜」的意思。

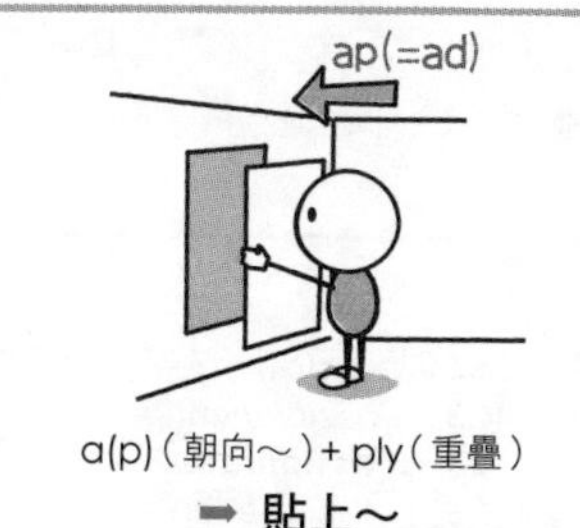

a(p)（朝向～）+ ply（重疊）
➡ 貼上～

apply

【ə`plaɪ】

動 應用、塗、請求

application 名 申請、應用

applicant 名 申請者

I'm going to apply for a visa today.

我今天要去**申請**護照。

im（裡面）+ ply（重疊）
➡ 疊在裡面
不讓人知道

imply

【ɪm`plaɪ】

動 暗指、暗示

implicit 形 含蓄的、暗示的

implication 名 暗指、涉及

Her expression implied agreement.

她的表情**暗示**她同意。

com（共同）+ ply（重疊）
➡ 做成一樣的

comply

【kəm`plaɪ】

動 順從、遵從

compliance 名 遵從、順從

You have to comply with the law.

你一定要**遵守**法律。

re（原本）+ ply（重疊）
➡ 重複回去

reply

【rɪ`plaɪ】

動 回答、答覆、回應

名 回答

"I'm so sorry," he replied.

他**回答**「真的很抱歉」。

索引

粗體數字代表主題單字的所在頁。細體頁數代表關聯字彙的所在頁面。

A

B

C

D

R

S

T

U

V

依字首整理排序

有該字首的單字以粗體字表示，其他章節帶有該字首的單字則以細體字表示。
▶表示字首　◎表示該字首的變化型

ad-

（朝向～、往）

Chapter 1

▶ ad-

con-, com-, co-

（共同）

Chapter 2

▶ con-/com-

de-

（離開、下面）

Chapter 3

▶ de-

sub-
（下）

Chapter 4

▶ sub-

◎sub-（基本形）

◎suc-型（在c開頭的字根之前）

◎suf-型（在f開頭的字根之前）

◎sum-型

◎sup-型（在p開頭的字根之前）

◎sus-型（在s開頭的字根之前）

sur-, super-
（在～之上、超越）

Chapter 5

▶ sur-

◎sur-

▶ super-

◎super-

◎其他

ex-

（向外）

Chapter 6

▶ ex-

◎ex-（基本型）

◎e-型

◎ef-型（在f開頭的字根之前）

◎消失型・其他

pro-, pre, for-

（之前、前面）

Chapter 7

▶ pro-

◎pro-

▶ pre-

◎pre-

re-
（再次、重新、向後）

Chapter 8

in-, im-, en-
（裡面、上面）

Chapter 9

ab-, dis-, se-

（分離、否定、反對 ）

Chapter 10

un-, im-, in-, a-
（否定）

Chapter 11

mono-, uni-, bi-, du-, tri-, multi-
（數）

Chapter 12

www.booklife.com.tw reader@mail.eurasian.com.t

Happy Languages 158

英文單字語源圖鑑——看圖秒懂，最高效的單字記憶法！

作　　者／清水建二、すずきひろし
插　　畫／本間昭文
譯　　者／張佳雯
發 行 人／簡志忠
出 版 者／如何出版社有限公司
地　　址／台北市南京東路四段50號6樓之1
電　　話／（02）2579-6600．2579-8800．2570-3939
傳　　真／（02）2579-0338．2577-3220．2570-3636
總 編 輯／陳秋月
主　　編／柳怡如
責任編輯／張雅慧
校　　對／張雅慧．柳怡如．丁予涵
美術編輯／李家宜
行銷企畫／詹怡慧．曾宜婷
印務統籌／劉鳳剛．高榮祥
監　　印／高榮祥
排　　版／杜易蓉
經 銷 商／叩應股份有限公司
郵撥帳號／18707239
法律顧問／圓神出版事業機構法律顧問　蕭雄淋律師
印　　刷／祥峯印刷廠
2019年2月　初版
2019年4月　5刷

國家圖書館出版品預行編目資料

英文單字語源圖鑑——看圖秒懂，最高效的單字記憶法！／清
水建二，すずきひろし 作；本間昭文 插畫；張佳雯 譯.
-- 初版 -- 臺北市：如何，2019.02
288面；12.8×18.6公分 --（Happy Languages；158）
譯自：英単語の語源図鑑
ISBN 978-986-136-526-8（平裝）
1. 英語　2. 詞彙
805.12　10702090

定價320元　ISBN 978-986-136-526-8